A história de Hong Gildong

HEO GYUN

A história de Hong Gildong

Traduzido para o coreano moderno por
Kim Takhwan

Tradução, notas e textos complementares
Yun Jung Im

Estação Liberdade

Título original: 홍길동전 (*Hong Gildong Jeon*)
© Kim Takhwan, 2009
© Editora Estação Liberdade, 2020, para esta tradução
Todos os direitos reservados.
Publicado originalmente por Minumsa Publishing Co., Ltd., Coreia do Sul.
Esta edição em língua portuguesa foi publicada mediante acordo com a KL Management, Coreia do Sul.

PREPARAÇÃO Thaisa Burani
REVISÃO Gabriel Joppert
SUPERVISÃO EDITORIAL Letícia Howes
IMAGEM DA CAPA Kim Kyujin (1868-1933), *Geumgansan Manmul Choseonggyeongdo* (Paisagem que espelha todas as coisas do mundo no monte Geumgang), pintura em seda, década de 1920. Museu do Palácio Nacional da Coreia (www.gogung.go.kr).
EDIÇÃO DE ARTE Miguel Simon
EDITOR RESPONSÁVEL Angel Bojadsen

A PUBLICAÇÃO DESTE LIVRO CONTOU COM SUBSÍDIO DO
LITERATURE TRANSLATION INSTITUTE OF KOREA (LTI KOREA).

CIP-BRASIL. CATALOGAÇÃO NA PUBLICAÇÃO
SINDICATO NACIONAL DOS EDITORES DE LIVROS, RJ

G999h

   Gyun, Heo, 1569-1618
     A história de Hong Gildong / Heo Gyun ; traduzido para o coreano moderno por Kim Takhwan ; tradução, notas e textos complementares Yun Jung Im. - 1. ed. - São Paulo : Estação Liberdade, 2020.
     144 p. ; 19 cm.

     Tradução de : Hong Gildong jeon
     Apêndice
     ISBN 978-65-86068-21-4

     1. Ficção coreana. I. Takhwan, Kim. II. Im, Yun Jung. III. Título.

20-67459   CDD: 895.73
                                               CDU: 82-3(519.5)

Camila Donis Hartmann - Bibliotecária - CRB-7/6472
04/11/2020   05/11/2020

Nenhuma parte da obra pode ser reproduzida, adaptada, multiplicada ou divulgada de nenhuma forma (em particular por meios de reprografia ou processos digitais) sem autorização expressa da editora, e em virtude da legislação em vigor.

Esta publicação segue as normas do Acordo Ortográfico da Língua Portuguesa, Decreto nº 6.583, de 29 de setembro de 2008.

EDITORA ESTAÇÃO LIBERDADE LTDA.
Rua Dona Elisa, 116 | Barra Funda
01155-030 São Paulo – SP | Tel.: (11) 3660 3180
www.estacaoliberdade.com.br

홍김동전

Sumário

	Notas introdutórias	*11*
	Personagens principais	*15*
	Glossário	*17*
	A história de Hong Gildong	*21*
1	Nasce Gildong	*23*
2	Não pode chamar o pai de pai	*29*
3	Mata o emboscador e deixa a casa	*35*
4	Como líder do bando de Hwalbin, saqueia o Templo Haein e a prefeitura de Hamgyeong	*51*
5	Dá uma lição no inspetor-chefe	*63*
6	Oito Gildongs capturados	*73*
7	É empossado ministro da Guerra	*85*
8	Muda sua base para a ilha Je e elimina os *euldong*	*95*
9	Morre o pai	*103*
10	Conquista Yuldo	*113*
	Anotações sobre a obra e o autor	*127*

Notas introdutórias

Uma história nacional contínua e milenar, sobre um mesmo território, numa sucessão de Estados administrativos devidamente equipados e regimentados alimenta hoje o sentimento de orgulho nacional dos coreanos. No entanto, a mais cara e unânime de suas riquezas culturais é certamente o *hangeul*, escrita nacional inventada pelo rei e acadêmico Sejong, o Grande (reinado: 1418-1450), da dinastia Joseon (1392-1897), o último Estado monárquico coreano.

É preciso frisar que o *hangeul* é uma escrita de cunho alfabético — letras que representam sons —, em contraposição à tradição letrada coreana vigente até então, fundada em ideogramas chineses, os quais representam ideias. O salto conceitual de ideogramas para fonogramas operado pelo rei foi fruto de um projeto pessoal dele próprio, que visava a alfabetização ampla e geral da grande massa iletrada — à revelia de seus ministros —, buscando oferecer uma escrita que fosse fácil de ser aprendida. Por isso, chamou-a de "A Escrita da Manhã", pois poderia ser aprendida em uma manhã.

As dificuldades acadêmicas que o rei-linguista *avant la lettre* provavelmente teve de superar no curso de sua invenção não foram maiores do que a forte resistência que encontrou para colocá-la em uso. A nobreza letrada, alegando que um povo alfabetizado se tornaria desnecessariamente questionador, além da possibilidade de provocar o Império chinês, a quem Joseon era tributária, ofereceu oposição, decerto como subterfúgio para preservar o monopólio de seu eruditismo elitizado. Mesmo o rei tendo vencido a batalha ao cabo de três anos, promulgando a nova escrita em 1446, a nobreza continuou a desdenhá-la como sendo "vazia de sentido", contra ideogramas chineses "plenos de sentido", até o advento da era moderna — ocidentalização — no início do século XX. Por isso, o *hangeul* se alastrou mais fortemente entre os plebeus e as mulheres, sendo utilizado pela corte sobretudo como forma de comunicação com a massa.

É nesse contexto que devemos falar sobre *A história de Hong Gildong*, escrita em 1612, como a primeira obra ficcional composta em *hangeul*, pelas mãos de Heo Gyun (1569-1618), curiosamente um nobre letrado que deixou uma obra não pequena englobando filosofia, poesia, ensaios e ficção, todos redigidos em ideogramas chineses, com exceção desta. E é de se esperar a ressalva de alguns estudiosos hoje por uma "autoria *apenas* atribuída", discussão que permanece viva, embora a propriedade do marco zero da literatura coreana em *hangeul* continue a ser creditada a ele até que tenhamos alguma evidência em contrário.

Desde que veio ao mundo, a popularidade da obra não parou de crescer, e conhecemos mais de noventa versões dela, entre cópias manuscritas ou xilogravadas, com ou sem ilustrações, resumidas ou expandidas, todas com pequenas diferenças em elementos narrativos e personagens secundárias, embora o grande tronco do enredo seja o mesmo. Supõe-se que a trama tenha ganhado novos elementos posteriormente nas mãos de escribas e editores, tornando impossível discernir hoje qual é a versão original. Alie-se a isto *manhwas* (as HQs coreanas), seriados, edições infantojuvenis, novelas, filmes e até games produzidos nos séculos XX e XXI, cada qual com seus acréscimos e supressões. Nesse sentido, *A história de Hong Gildong* pode ser considerada uma literatura popular coletiva, capaz de espelhar a insatisfação e o afã revolucionário daqueles que estão à margem da elite e que encontram um alento catártico na figura de seu protagonista.

A obra é inspirada numa figura histórica, Hong Gil-dong, conhecido como um dos Três Grande Bandidos de Joseon, mas os coreanos usam seu nome hoje como genérico, correspondente a algo como "João da Silva" em português, estampando formulários preenchidos a título de exemplo em repartições públicas, em mais um sinal de sua onipresença no imaginário coletivo coreano.

Personagens principais

Hong Gildong: Filho nascido entre o ministro-mor Hong e sua criada Chun Sim. Abandona a casa do pai amargurado por sua condição ilegítima de *seoja*, numa sociedade extremamente discriminadora.

Hong Mun: Pai de Gildong, que galga os postos mais altos do reino até ocupar o cargo de primeiro-ministro.

Hong Gilhyeon: Meio-irmão de Gildong e filho legítimo do ministro-mor Hong.

Chun Sim: Criada do ministro-mor Hong, que se torna sua concubina. Mãe biológica de Gildong.

Mãe Goksan ou Chonang: Uma das concubinas do ministro-mor Hong. Também chamada de mãe Goksan, pois nasceu em Goksan. Inveja Gildong.

Fisiognomonista: Leitora de rosto contratada por Chonang para tramar contra Gildong.

Teukja: Matador contratado por Chonang para eliminar Gildong.

O Grande Rei Sejong: Única figura histórica do livro, embora suas ações sejam fictícias. Gildong teria nascido no décimo quinto ano de seu reinado e chega a ser nomeado seu ministro da Guerra.

Yi Eop: Um dos chefes regionais da polícia da capital, que se voluntaria para capturar Gildong.

Baek Yong: Milionário de uma vila da ilha Je, onde Gildong vive alguns anos. Teve sua filha sequestrada por um bando de *euldong*.

Euldong: Criaturas meio humanas meio bestas que habitam a montanha Mangdang da ilha Je.

Rei de Yuldo: Governante de um reino chamado Yuldo. Veste sua armadura para defender seu reino contra os homens de Gildong.

Kim Insu: Comandante do exército de retaguarda de Gildong.

Três Valentes: Guerreiros importantes na conquista do reino de Yuldo.

Maengchun: General de Gildong que mata o general Hanseok do reino de Yuldo.

Glossário

Céu-terra: Expressão de cunho taoísta para designar o mundo. Segundo os taoístas, o mundo engloba o Caminho da Terra e o Caminho do Céu, em harmonia.

Cinco cores: Azul, vermelho, amarelo, branco e preto. Fazem parte de um esquema oriental popular baseado nos cinco elementos fundamentais (água, madeira, fogo, terra e metal) da fenomenologia do mundo, que se desdobra para as mais diversas áreas — cinco notas musicais, cinco órgãos do corpo, etc.

Clássicos (Chineses): Textos canônicos organizados pelo filósofo Zhu Xi (1130-1200 d.C.) como de estudo obrigatório para concursos públicos da elite letrada chinesa. Engloba filosofias confucianas e não confucianas, política, história, moral, ética, cerimoniais, técnicas em geral (agricultura, medicina, astronomia, matemática, adivinhação, etc.), guerra, poesia, enfim, todo o aparato civilizatório chinês. Foram incorporados à cultura da elite coreana especialmente a partir do século XV.

Clube de Leitura: Instituição criada pelo nono rei da dinastia Joseon em 1492 cujo objetivo era cultivar intelectuais e pesquisadores para, mais tarde, ocuparem cargos de liderança na corte. O Clube acabará se tornando uma reserva patrimonialista de altos cargos públicos.

Dia propício: Dia de bom augúrio, conforme a astrologia oriental ou os oráculos. Era consultado para definir a data de um casamento ou funeral, assim como o início de obras, navegações, guerra e outros eventos importantes.

Dinastia Zhou: Dinastia imediatamente anterior à primeira unificação imperial do continente chinês em 221 a.C., que inclui o período Primavera e Outono (722-481 a.C.) e o dos Estados Combatentes (481-212 a.C.). Ápice da cultura do bronze chinesa, tiveram início nessa época as filosofias confucionista e taoísta, além da consolidação da escrita chinesa; a dinastia Zhou é, portanto, considerada o berço da civilização chinesa.

Divindade taoísta: Na tradição taoísta, um ser humano poderia entrar em harmonia com o *tao* (o caminho) através de práticas que incluem a meditação e o jejum, tornando-se um espírito taoísta, aspirando à longevidade e até mesmo à imortalidade. Em geral, viviam nas montanhas ou entre as estrelas, ora em forma humana ora em espírito.

Joseon: Última dinastia monárquica coreana (1392-1897), fortemente marcada pela ideologia confucionista, que valorizava a devoção filial e a lealdade dos súditos ao governante. Apesar de ser prática comum aos nobres ter concubinas, havia forte discriminação social contra filhos ilegítimos, chamados de *seoja*, aos quais era proibido ocupar cargos do Estado e vedado o exercício da atividade pública. O rei Sejong — também chamado O Grande Rei — foi o monarca mais importante da primeira metade da dinastia.

***Li*:** Antiga unidade de medida coreana para distâncias, correspondente a quatrocentos metros.

Luto de três anos: Na tradição confucionista, o primogênito deveria cumprir um luto de três anos numa cabana improvisada ao lado do túmulo do pai falecido, vestindo roupa de tecido muito rústico, comendo parcamente e se privando de todo conforto ou prazer. O nobre que cumprisse esse luto com rigor era considerado digno de postos importantes na corte confucionista.

Ministro-mor: A Secretaria de Estado era o órgão mais alto na hierarquia administrativa da corte de Joseon, encabeçado por três ministros: primeiro-ministro, vice-primeiro-ministro da Esquerda e vice-primeiro--ministro da Direita. Cada um dos três era chamado de ministro-mor.

Seoja: Termo coreano usado na dinastia Joseon para designar os filhos de nobres com suas concubinas. Ilegítimos, os *seoja* viviam às margens da sociedade, pois não podiam ocupar cargos públicos (como faziam os membros da nobreza) nem exercer qualquer tipo de profissão liberal ou do comércio, pois essas atividades eram vetadas aos nobres.

A história de Hong Gildong[1]

Heo Gyun[2]

---

1. Esta tradução se baseia na versão representativa dentre aquelas xilogravadas e editadas na cidade de Jeonju (versões *wanpan*), de 36 folhas, editada pela Minumsa (2009), com tradução para o coreano moderno feita por Kim Takhwan (ISBN 978-89-374-6200-9), quem atribuiu os subtítulos. Kim Takhwan é crítico literário e romancista, formado mestre e doutor pela Seoul National University e professor do programa de pós-graduação em cultura e tecnologia da Korea Advanced Institute of Science and Technology (KAIST).

2. Heo Gyun (1569-1618), autor, filósofo confucionista, poeta e político da elite de Joseon. Sua vida política fora atribulada por conviver com grupos considerados subversivos. Acusado de liderar um movimento contra a discriminação de *seoja* (os filhos ilegítimos da nobreza), foi condenado à morte por desmembramento. Ver mais a respeito do autor na p. 117.

1

Nasce Gildong

No décimo quinto ano do reinado de Sejong, o Grande[3], o mais ilustre monarca de Joseon, vivia próximo ao palácio real um renomado ministro da corte. Seu nome era Mun e o sobrenome, Hong. Sua retidão e sua correção de caráter faziam dele um verdadeiro herói moral de seu tempo. Assumiu cargos públicos desde cedo, começando como arquivista real ainda jovem, e seu nome gozava de alta reputação na corte. Até o rei reconheceu suas qualidades,

---

3. Exatamente o ano de 1443, quando Sejong, o Grande, concluiu a criação do *hangeul*. Não é mera coincidência que a primeira narrativa ficcional escrita em *hangeul* tenha vindo pelas mãos de um letrado da elite condenado por sua bandeira sociopolítica contra o regime discriminatório empregado aos filhos de concubinas.

promovendo-o a ministro de Assuntos Internos e, mais tarde, a ministro-mor. Profundamente honrado pela graça recebida, o ministro retribuía com zelo e dedicação, e sob sua batuta nada de mau acontecia nos quatro cantos do reino: não se viam ladrões, as lavouras eram fartas e a paz reinava.

Um dia, o ministro acabou cochilando por alguns instantes escorado no parapeito da galeria, quando um vento fresco o alçou e o guiou até um lugar desconhecido, onde montanhas verdejantes despontavam ao alto e águas azuis corriam vigorosas pelos vales. Salgueiros frondosos dançavam ao sabor do ar primaveril com seus galhos roçando entre si, e papa-figos dourados voavam indo e voltando por entre os ramos pendentes. Lindas flores e folhas exibiam-se em plenitude por todos os lados, enquanto garças azuis e brancas, guarda-rios e pavões ostentavam suas cores e luzes da estação, de modo que o ministro ficou completamente absorto e enlevado naquela paisagem. A parede do penhasco de tão alta parecia tocar o céu; as águas dos vales serpenteavam formando quedas curva após curva, e sobre elas pairavam nuvens de cinco cores.[4] Já não se via mais qualquer caminho, e o ministro não sabia por onde seguir. De repente, um dragão azul emergiu das águas, empinou a cabeça e soltou um rugido

---

4. Ver Glossário.

capaz de fazer ruir todo o vale. De sua bocarra escancarada jorrou uma energia soberba que alteou voo e num instante entrou pela boca do ministro.

Ao despertar, o ministro compreendeu que aquilo fora um sonho de grande auspício, daqueles que se sonha uma única vez na vida. Pensou então: "Com certeza, terei um filho de grande valor!", e se voltou imediatamente aos aposentos internos. Mandou a criada se retirar e chamou a esposa com a ideia de se deitar com ela. Mas ela endureceu a expressão e o repreendeu:

— Senhor meu marido, o senhor é ministro de todo um reino, de elevada distinção e honra! Onde está sua dignidade de ministro ao me chamar ao leito em plena tarde, como se tratasse com uma mulher qualquer da rua?

Até ele próprio achava as palavras da esposa muito corretas, mas temia desperdiçar um sonho de tão bom augúrio e ficou a insistir, embora sem poder falar sobre o ocorrido, pois bem sabia que um sonho desses não podia ser contado antes da hora, sob pena de perder efeito, como diziam os antigos. Sem saber disso, a esposa se desvencilhou do marido e acabou se retirando do aposento. Envergonhado, mas também decepcionado pelo escrúpulo teimoso da esposa, o ministro foi até o cômodo externo lamentando-se sem parar, quando viu, oportunamente, a criada Chun Sim, que, naquele momento, entrava para entregar-lhe a mesa posta. Reparando que estava tudo deserto e silencioso ao redor, ele a puxou para um canto e com ela se deleitou, o que fez aplacar um tanto de seu furor, mas é verdade também que aquilo ficou incomodando-o por um bom tempo.

Chun Sim, por sua vez, apesar da origem humilde, sempre demonstrou recato e lisura em seus atos e prendas, de modo que não ousou desacatar a autoridade do ministro; depois daquele dia, cuidou-se com discrição e reserva. De fato, sentiu sintomas de gestação logo no primeiro mês e, ao cabo de dez meses, viu o seu quarto ser envolvido em uma nuvem de cinco cores e aromas exóticos. Após um extenuante trabalho de parto, deu à luz um menino muito bonito e garboso. Passados três dias, quando entrou no quarto de Chun Sim, o ministro ficou muito feliz, mas, por outro lado, também lamentou que a criança tivesse nascido de sua criada em vez da esposa. Chamou o bebê de Gildong, "menino da bem-aventurança".

Gildong cresceu exibindo talentos extraordinários desde cedo: bastava ouvir uma palavra para entender outras dez, e não havia nada que não soubesse bastando ter visto algo uma vez, mesmo que de relance.

Um dia, o ministro o levou ao aposento interno, sentou-se frente a frente com a esposa e disse, lamuriando-se:

— Logo se vê que esta criança é dotada das qualidades de um herói, mas onde isso vai prestar, se nasceu de uma criada? Que desgraça foi a sua teimosia naquele dia! Hoje, é somente arrependimento!

A esposa indagou-o sobre o menino, ao que o ministro respondeu franzindo a testa:

— Se você tivesse me ouvido naquele dia, como essa criança haveria de ter nascido do corpo de uma criada? Era para ter nascido do seu!

E somente então contou a ela sobre o sonho que tivera. A esposa disse, decepcionada e triste:

— Não deixa de ser um destino forjado pelo céu. O que há de se fazer na nossa condição de humanos?

2

Não pode chamar o pai de pai

O tempo fluiu como as águas de um rio, e Gildong fez oito anos. Não havia quem não o elogiasse, e o ministro também o amava de coração, mas Gildong, sem poder chamar seu pai de pai, nem seu irmão de irmão, passava os dias infeliz, desgostoso de ter nascido inferior.

Certa vez, caminhando pelo quintal numa noite de lua cheia, ao vento frio de outono e choro de gansos selvagens, sentiu sua tristeza chegar a um ponto insuportável. E então lamentou-se:

— Se se nasce homem neste mundo, o certo não seria estudar os caminhos de Confúcio e de Mêncio, agir com coragem lá fora para se tornar um fiel súdito do rei? Não deveria ele buscar o alto do pedestal portando o cinturão de comandante, a reger um vasto exército de soldados e cavalos, combatendo Chu[5] ao sul, conquistando a planície do meio[6] e batendo Shu Han[7] a oeste? Não mereceria ele feitos honoráveis de um varão virtuoso? Abrilhantar o pavilhão dos heróis com seu retrato, deixando seu nome para a posteridade? Se os antigos já diziam que não se nasce marcado para ser grande, não seriam essas palavras destinadas a mim? Neste mundo, até mesmo pobres e humildes chamam seu pai e seu irmão de pai e irmão, mas somente eu não posso fazê-lo! Que vida é esta, a minha?!

Sentindo-se injustiçado e aflito, começou a dançar sob o luar, brandindo a espada, sem poder conter sua energia bravia.

Nesta hora, o ministro, que amava noites de lua clara, estava sentado à janela quando viu os movimentos do filho e perguntou, espantado:

— A noite já é alta, o que o deixou tão alegre?

Gildong jogou a espada no chão, prostrou-se e respondeu com vigor:

---

5. Reino de Chu (1042-223 a.C.), um dos reinos da dinastia Zhou que ocupava a região central e meridional do continente chinês.
6. Referência à Planície Central da China, área do curso baixo do rio Amarelo, berço da civilização chinesa.
7. Reino de Shu Han (221-263 d.C.), do período dos Três Reinos (220-280 d.C.) chinês.

— Não haveria neste mundo felicidade maior do que ter recebido sua energia e ter nascido homem forte! Somente me ressinto de jamais poder chamar meu pai de pai, nem meu irmão de irmão! Os criados, novos e velhos, todos me têm como um desprezível, e até os parentes e amigos de infância zombam de mim por ter nascido plebeu, de uma fulana sem estirpe. Como pode haver algo tão aflitivo?

E desatou-se em prantos. O ministro, apesar de condoído, temia que um gesto de consolação sincera pudesse semear-lhe uma ponta de petulância, por isso o repreendeu:

— Não guarde pensamentos pretensiosos, pois não é o único nascido de uma humilde criada nesta família. Caso eu o apanhe ousando proferir tais palavras novamente, jamais tornarei a vê-lo!

Gildong ficou curvado no chão, chorando copiosamente, enquanto o ministro ordenou que ele se retirasse. Então, foi até sua mãe e lhe disse, aos prantos e soluços:

— Mãe, sei que nossos destinos se cruzaram em vida passada para virmos a este mundo como mãe e filho. Sua graça de ter me posto neste mundo e de ter me criado é vasta e elevada como o céu. Se se nasce homem é para se destacar entre os demais e buscar honradez, poder prestar homenagem aos antepassados e retribuir a graça recebida dos pais. Mas fui nascido com sina arisca e sem ventura, vindo ao mundo como plebeu para ser caçoado por todos.

Como é que um destinado a varão poderia cair em remorso e permanecer, miseravelmente, em sua condição? Já que não poderei me tornar o general dos generais a portar por merecido o cinturão do chefe da Casa Militar deste reino, prefiro retirar-me para as montanhas e viver esquecido das ambições gloriosas deste mundo. Eu lhe suplico, mãe, tenha consideração por mim e viva como se tivesse se esquecido completamente de mim. Assim, no futuro, hei de voltar e retribuir sua graça, fique certa disso!

Ao terminar de falar, seu brio era por demais destemido e não mostrava qualquer sinal de tristeza. Diante de tal arrojo, sua mãe lhe disse, em tom de conselho:

— Você não é o único nascido humilde na família do ministro. Não sei o que andou ouvindo por aí, mas está a atormentar-me, e minhas tripas parecem se lacerar! Guarde-se e guarde o seu lugar, em consideração à sua mãe, que no futuro o ministro há de tomar as devidas providências.

— Mesmo que eu releve as caçoadas dos irmãos, o que ouço dos criados e até de crianças da vila são palavras que penetram e ferem fundo nos ossos. Ainda por cima, pelos atos da mãe Goksan ultimamente, fica claro que ela não gosta de ninguém que possa superá-la e nos tem como inimigos, a você e a mim, quando nunca e nada fizemos de errado. Até pressinto suas intenções de nos eliminar. Logo, logo, sobrevirá uma grande desgraça sobre nós. Mas farei com que nada lhe atinja, mesmo que eu desapareça daqui — prometeu.

— Você tem razão, mas a mãe Goksan é uma pessoa bondosa e sensível. Como há de acontecer algo assim? — replicou a mãe.

— Difícil prever os acontecimentos futuros. Não faça pouco de minhas palavras, e tente enxergar o que pode vir em breve.

3

Mata o emboscador e deixa a casa

Seu nome verdadeiro era Chonang, mas era chamada de mãe Goksan, pois tinha sido *gisaeng*[8] na região de Goksan, até que acabou se tornando a concubina preferida do ministro Hong. Dona de uma personalidade atrevida e arrogante, não hesitava em maldizer e inventar mentiras sobre quem não lhe agradasse, indo até as últimas consequências mesmo contra um reles criado. Sentia prazer com a desgraça alheia e tinha inveja das pessoas de bem. Foi assim quando o ministro foi elogiado por todos por

---

8. *Gisaeng* eram mulheres treinadas para entreter os nobres em festas e encontros. Eram propriedade do Estado e ocupavam, hereditariamente, uma das classes mais baixas da sociedade de Joseon.

ter tido Gildong depois de sonhar com o dragão, e vivia temendo ser deixada em segundo plano diante do amor terno que o ministro demonstrava sentir pelo novo filho. Para piorar, ouvia o ministro dizer de vez em quando, em tom de brincadeira: "Tenha você também um filho como esse e faça aumentar minha alegria na velhice", o que a deixava muito raivosa. Ao ver que Gildong ganhava fama dia após dia, seu ciúme aumentava. Odiava o menino e sua mãe como se fossem um espinho cravado no olho e, tomada pelo desejo de feri-los, terminou por tramar uma cilada: pagou algumas videntes nada idôneas e com elas arquitetou um plano, por dias seguidos. Uma delas disse:

— Há uma mulher que mora fora do castelo[9] e que sabe ler a sorte pelas feições do rosto. Diz ela que basta olhar uma única vez o rosto de uma pessoa para adivinhar sua vida inteira. Vamos marcar um dia para ela vir aqui e apresentá-la ao ministro, para ela dizer o passado e o futuro desta casa como se estivesse vendo tudo em águas claras. Depois, vamos fazer com que ela leia o rosto de Gildong e diga ao ministro que viu coisas assustadoras. Assim, a senhora poderá atingir seu objetivo.

Chonang ficou muito satisfeita e chamou imediatamente a dita fisiognomonista e lhe cobriu de dinheiro e

---

9. Chamada de Castelo Han, a capital do reino de Joseon era toda murada, guardada por portões que abriam e fechavam em horários determinados.

objetos de valor. Contou para ela em minúcias os acontecimentos passados da família, e juntas combinaram de eliminar o menino, marcando o dia da volta.

Passados uns dias, quando o ministro brincava com Gildong em seu aposento interno, disse à esposa:

— Este menino nasceu com ares de herói, mas o que há de se fazer com isso?

Continuou a conversa entre brincadeiras e risos, quando, de repente, uma mulher chegou até a porta e se curvou, anunciando-se. O ministro estranhou-a e perguntou a que viera, e ela respondeu, curvada em deferência.

— Vivo fora dos portões do castelo e desde criança aprendi, com um mestre forasteiro, o jeito de ler os traços do rosto das pessoas. Fiz muitas andanças por inúmeras casas dentro do castelo, lendo as feições de todo tipo de gente. Ouvi dizer da grande bem-aventurança na casa do senhor ministro e vim hoje aqui para colocar à prova os meus dotes.

Em situação normal, o ministro não se dignaria a trocar conversa com uma vulgar leitora de rostos, mas como estava num momento de descontração com Gildong, assentiu, em tom de brincadeira:

— Pois suba e diga o que exatamente você vê sobre a minha vida!

A mulher subiu no tablado toda cheia de escrúpulos e observou primeiro o rosto do ministro. Passou então a relatar em detalhe, como se tivesse testemunhado em pessoa, coisas sobre o seu passado — com as quais o ministro era obrigado a concordar —, fazendo também previsões. Isso o fez pedir a ela que falasse de outras pessoas da família. A fisiognomonista continuou relatando coisas como se estivesse vendo tudo, de modo que nenhuma palavra dela era possível de se ignorar. Tanto o ministro e a esposa quanto as outras pessoas da casa ficaram assombrados, elogiando o talento daquela mulher, que certamente fora concedido pelos céus. Por fim, chegou a vez da leitura de Gildong, a qual ela começou com efusivos elogios.

— Já andei por muitas vilas e li inúmeros rostos, mas esta é a primeira vez que vejo, de fato, feições dignas de um filho nobre e valoroso. Não posso dizer com certeza, mas não me parece ser nascido da senhora sua esposa.

O ministro então respondeu, sem poder mentir:

— Quanto a isso, você está certa. Agora diga em detalhe o que você vê no rosto dele, pois cada destino carrega sua fortuna e sua desgraça, assim como sua glória e sua infâmia.

A leitora de rostos ficou a mirá-lo por um tempo, quando fingiu se assustar. O ministro estranhou e lhe indagou o motivo, mas ela fechou a boca daí em diante.

— Desfaça depressa minhas suspeitas contando tudo o que você vê, seja fortuna, seja desgraça, não me esconda nada, nem um cisco sequer — insistiu o ministro.

— Temo que o senhor se apavore se eu disser exatamente o que vejo — respondeu ela.

— Mesmo o mais feliz dos afortunados da história teve o seu momento de auspício e de mau augúrio. Deixe de delongas e revele, sem omitir, exatamente o que diz a regra de suas leituras — prosseguiu ele.

A mulher, vencida, pediu que o menino se retirasse e começou a falar, em voz baixa:

— O que acontecerá ao nosso menino nobre e valoroso, em poucas palavras, é que, se for bem-sucedido, será um rei governante, mas, se fracassar, lhe abaterá um infortúnio incomensurável.

O ministro, apavorado, ficou sem dizer palavra por um bom tempo. Assim que conseguiu se acalmar, ofereceu a ela uma generosa recompensa, dizendo:

— Jamais diga essas palavras a outrem. — Junto a tal ordem, deveras severa, disse ainda: — Hei de fazer com que esse menino não ponha os pés para fora de casa até envelhecer.

A vidente acrescentou:

— Quem poderia ser ele, senão um rebento de governante?

O ministro rogou-lhe repetidamente por sigilo, e ela prometeu cumprir sua ordem juntando as duas mãos, e se foi.

Com o que ouviu, o ministro caiu em grande angústia e não conseguia pensar em outra coisa.

"Esse não é um menino ordinário desde o início, e, se ficar alimentando pensamentos que excedem sua condição e ficar lamentando-se por ter nascido plebeu, todo o nosso mérito de gerações, por dedicação ao reino e retribuição às graças do rei, terá sido em vão, e um grande desastre se abaterá sobre nossa família. Quisera eu eliminá-lo antes para salvar a família da desgraça por vir, mas isso é algo que não consigo aceitar fazer."

Mergulhado em pensamentos como esse, não havia jeito de ficar bem. Adoecido do coração, a comida lhe perdeu o gosto e o sono lhe perdeu o conforto. Chonang ficou a espreitar os ânimos do ministro, até que um dia lhe perguntou:

— Se, como aquela mulher disse, Gildong nasceu com a energia de um rei e vier a cometer algo que ultrapasse suas condições, a desgraça que se abaterá sobre a família será inimaginável. Na minha ignara opinião, e ainda que seja uma temeridade, não seria melhor eliminá-lo desde já, prevenindo um desastre maior?

A isso, o ministro respondeu com grande censura:

— Essas não são palavras para se proferir levianamente. Como ousa descuidar de suas palavras assim? O destino de minha família não é da sua conta, de nenhuma forma!

Constrangida, Chonang não pôde dizer mais nada. Entrou para os aposentos internos e foi contar ao primogênito legítimo e à esposa do ministro:

— Desde que o ministro ouviu as palavras da vidente, não sabe mais o que fazer. Não consegue mais comer nem dormir direito, até adoeceu do coração. Cheguei a falar-lhe para fazermos isso e aquilo, mas ele me repreendeu tão bravamente que não pude prosseguir. Pelo que consigo entrever de seus pensamentos, o ministro também gostaria de eliminar o menino, mas ele não tem coragem de colocar isso em prática. Na minha humilde opinião, devemos primeiro eliminar Gildong e comunicar ao ministro já como fato consumado. Como então será fato consumado, ele não poderá fazer nada, e conseguirá finalmente se esquecer de sua angústia — disse ela franzindo a testa.

— A senhora não deixa de ter razão, mas isso não é uma coisa que se faça, pois fere o princípio da compaixão e da moral humanas.

Chonang não se fez de vencida:

— Muitas coisas estão ligadas a este feito. Primeiro, é em prol do reino; além disso, é para evitar o sofrimento de um honrado ministro; e, em terceiro lugar, é pelo bem da família Hong como um todo. Se por hesitação nos demorarmos, considerando uns e outros fatores de menor importância diante de um feito tão grande, o que faremos quando se abater sobre nós algo do qual nos arrependeremos para sempre?

E assim aconselhou insistentemente à esposa e ao primogênito do ministro, até que ambos acabaram concordando, ainda que contrariados. Chonang saiu pulando de alegria por dentro e foi logo chamar um matador de aluguel, de nome Teukja. Instruiu-o detalhadamente, enchendo-o de moedas de prata, para que ferisse de morte Gildong naquela mesma noite. Voltou aos aposentos internos e comunicou o trato para a esposa do ministro, que se lamentou de consternação e pena.

Ele tinha onze anos então. Era parrudo e robusto, de uma valentia excepcional, e não havia nada que não soubesse, pois estudara todos os Clássicos. Mas passou a viver num anexo, já que o ministro o proibiu de sair de casa, onde passava os dias lendo *A arte da guerra*, de Sun Tzu, e o tratado militar de Wu Qi[10], até dominar completamente seus princípios. E, assim, dominou poderes mágicos que nem mesmo uma assombração ousaria tentar, assimilando em seu corpo a harmonia do céu-terra a ponto de comandar os ventos e as nuvens a seu bel-prazer, e ainda conseguia evocar os espíritos da transmutação, da aparição e da desaparição, de modo que nada havia para temer no mundo.

---

10. Livros que fazem parte dos chamados Sete Clássicos Militares da China.

Naquele dia, por volta da meia-noite, quando Gildong afastava a mesinha de leitura para se deitar, ouviu de repente um corvo crocitar três vezes, "crá, crá, crá", do lado de fora da janela, voando em seguida para o oeste. Assustado, tentou desvendar o ocorrido.

— Na certa, isso foi um corvo negro me alertando três vezes, e ainda por cima voou para o oeste. Deve ser um sinal de que alguém está armando uma emboscada para mim. Quem busca me ferir? De qualquer modo, tenho de tomar providências para me proteger.

Armou a proteção-das-oito-direções dentro do quarto e misturou as pontas, posicionando o elemento fogo-sul ao norte, no lugar do elemento água, o elemento trovão-leste no lugar do elemento lago-oeste, o elemento céu-noroeste no lugar do vento-sudeste e o elemento terra-sudoeste no lugar da montanha-nordeste.[11] Ao centro, por fim, posicionou o vento-nuvem em mutação incessante e ficou à espreita.

Naquele momento, o emboscador já havia se infiltrado no palacete onde vivia Gildong portando uma adaga, à espera de que este adormecesse, quando viu aparecer, do

---

11. Referem-se a elementos do *ba gua* (literalmente, "oito trigramas", também utilizado no *feng shui*), o conjunto das oito combinações possíveis de *yin* e *yang* quando agrupados de três em três. Cada trigrama é dotado de atributos, como elemento da natureza, direção, cor, hora, etc. Aqui é destacada a qualidade protetora de cada direção, e a troca de suas posições serviria para confundir um matador.

nada, um corvo na janela dando três grasnadas e desaparecendo em seguida. Tomado então por uma nefasta suspeita, disse a si mesmo:

— O que é que esse bicho sabe, que está aí a propalar um segredo dos céus? De fato, este não é um menino comum. Com certeza, provará o seu grande valor no futuro!

Pensou em ir embora, mas, vencido pela ambição do dinheiro, deixou para trás o cuidado que deveria ter sobre sua integridade física. Esperou um tempo e, depois, alçou voo para entrar no quarto de Gildong, mas viu que este havia sumido, sem deixar rastro. Em vez disso, viu um fio de vento se levantar e se transformar em raios e trovões a sacudirem o céu-terra, seguidos de uma névoa espessa que cobriu tudo, a ponto de o malfeitor não conseguir mais distinguir as direções. Quando olhou à volta, estava totalmente cercado por camadas e mais camadas de picos altos e vales profundos, e as águas transbordavam dos grandes mares, deixando-o desnorteado. O emboscador pensou:

— Mas tenho a certeza de que entrei no quarto dele! E agora, que montanhas são essas? Que águas são essas?

O emboscador não sabia para onde ir. De repente, ouviu uma flauta de jade e, quando se voltou para a direção do som, um menino vestido de azul montado sobre um cisne azulado voava pelo céu, chamando-o:

— Quem é você, que esconde uma adaga nesta noite profunda? A quem busca ferir?

— Você é com certeza Gildong! Vim para lhe matar, por ordens de seu pai e de seu irmão! — respondeu o emboscador.

Em seguida, lançou a adaga na direção dele, que desapareceu de pronto. Então, um grande vento sombrio sobreveio, os raios sacudiram a terra, e o céu se encheu de um ar sanguinolento. Muito amedrontado por dentro, disse, enquanto procurava sua adaga:

— Estou aqui a ponto de perder a vida por ter buscado a fortuna de outrem! A quem eu culparia? A quem eu amaldiçoaria?

Lamentava-se sem parar o matador, quando Gildong gritou, suspenso no ar, segurando a adaga.

— Ó, homem insignificante, ouça! Você quis assassinar uma pessoa inocente por dinheiro! Se eu o deixar vivo agora, inúmeros outros inocentes se ferirão em suas mãos. Como eu poderia poupá-lo?

O matador suplicou:

— Não fui eu quem tramou isto, e sei que sou insignificante! Foi armação de Chonang! Peço por favor que poupe esta pobre vida e me dê uma chance de consertar meu erro para o futuro!

Gildong não continha a fúria e gritou:

— Sua maldade alcança o céu, e hoje faz com que eu elimine a raiz do mal com minhas próprias mãos!

Assim que disse tais palavras, cortou-lhe a cabeça e ordenou aos ventos que trouxessem a vidente de fora dos portões do castelo, para quem enumerou em voz alta cada um de seus pecados:

— Sua perversa! Vive de frequentar ministros ricaços para ferir vidas! Tem consciência de seus pecados?

A vidente, que dormia em sua casa, foi envolvida por ventos e nuvens, e transportada para não sabia onde, quando de repente ouviu Gildong ralhar com ela suspenso no ar, ao que suplicou:

— Não fui eu que tramei isso! Eu só fiz conforme as instruções de Chonang! Peço que seja benevolente e perdoe meus pecados!

— Chonang é minha madrasta, de modo que não posso discutir seus pecados, mas como eu poderia deixar viver uma megera ruim como você? Vou executá-la para alertar aos que vêm depois! — esbravejou.

Levantou a espada, cortou-lhe a cabeça e jogou-a junto ao cadáver do matador contratado. Sem conter a revolta, decidiu dirigir-se ao ministro para relatar o malfeito e partir Chonang em duas, quando, de repente, refletiu: "Ainda que alguém me faça mal, como posso fazer mal em retorno?" Em seguida: "Como eu poderia romper com os deveres morais familiares por uma raiva momentânea?"

E, assim, ao alcançar o aposento do ministro, prostrou-se à porta, no chão do quintal. Pela estranha movimentação do lado de fora, o ministro acordou e, quando abriu a janela, viu Gildong prostrado no quintal, então o chamou para conversar:

— Já é tarde da noite, como é que está acordado a me procurar a esta hora?

Desolado, Gildong respondeu, vertendo lágrimas e soluçando:

— Há um malfeito dentro de casa e, por isso, quero partir para salvaguardar minha vida. Vim dirigir-lhe o cumprimento de despedida.

Assustado, o ministro pensou consigo mesmo: "Decerto, há alguma tramoia."

— O que se passou hoje há de se tornar conhecido quando o sol se levantar. Volte logo a dormir e espere pelas minhas ordens.

Mas Gildong, ainda prostrado no chão, replicou:

— Este humilde ser está partindo neste momento. Espero que o senhor ministro fique em paz e tranquilo. É deveras longínqua a promessa de tornar a vê-lo!

Pensando melhor, o ministro percebeu mais uma vez que aquele seu filho não era alguém comum e não obedeceria mesmo se o impedisse:

— Se você deixar esta casa, para onde irá?

— Fujo com o fim de salvaguardar minha vida. A partir de hoje, o céu-terra será minha casa. Como haveria eu de ter uma morada fixa? Ainda mais agora, que o rancor de uma vida inteira se coagula em meu peito, sem promessa de algum dia se dissipar. É o que me deixa mais magoado — explicou-se, prostrado.

O ministro respondeu, consolando-o:

— A partir de hoje atenderei o seu antigo desejo. Vá andar pelo mundo, e mesmo que vague pelas quatro direções, não cometa pecado que venha a preocupar a mim e ao seu irmão, mas volte rápido para consolar este meu coração partido. Pouparei palavras, mas espero que guarde sempre pensamentos humildes.

Gildong se levantou e voltou a se prostrar em reverência, dizendo:

— Meu pai, hoje o senhor atendeu o meu antigo desejo. Eu poderia morrer em paz agora mesmo, pois não resta mais nada que almeje. Nem sei como agradecer à sua graça, e agora tudo o que lhe desejo é que tenha uma vida longa com saúde.

Em seguida, despediu-se e foi até o aposento de sua mãe:

— Seu filhinho parte agora para guardar a vida. Por favor, não fique pensando em mim como um ingrato, pois um dia hei de voltar. Não fique se demorando em preocupações e tome todo o cuidado para proteger sua vida que é preciosa como mil folhas de ouro juntas.

E então contou tudo o que Chonang havia tramado, do começo ao fim. A mãe, ao ouvir os detalhes do ocorrido, soube que não poderia detê-lo e disse, sentida:

— Agora você parte para se esquivar do malfeito, mas que seja breve. Tenha consideração com sua mãe e volte logo, não me decepcione.

Ela ficou tão agoniada que ele precisou consolá-la demoradamente. Por fim se despediu, enxugando as lágrimas. Quando o portão se fechou atrás de si, Gildong sentiu que não havia no mundo um único lugar que pudesse acolhê-lo. Foi caminhando sem destino, aos suspiros.

Enquanto isso, sem saber de nada, a esposa do ministro não conseguia dormir, sofrendo noite adentro, pensando no matador que Chonang enviara atrás de Gildong. O filho mais velho, Gilhyeon, tentou consolá-la:

— Acabei concordando com isso muito a contragosto. Como não haveria de me sentir culpado pela morte de Gildong? Tudo o que podemos fazer é oferecer uma vida ainda mais confortável à mãe dele e lhe dar um enterro digno para diminuir um pouco que seja o nosso remorso.

Assim, a noite passou.

Na manhã seguinte, Chonang achou estranho que não tivesse chegado notícia nenhuma do palacete até o raiar do dia e ordenou que alguém fosse verificar. Descobriu então que Gildong havia desaparecido e que dois cadáveres degolados estavam caídos no quarto do menino — justamente o do matador e o da vidente. Chonang ficou muito alarmada e foi ter com a esposa do ministro. Esta, muito assustada, chamou o primogênito Gilhyeon para ir procurar o irmão, mas era certo que já não poderiam encontrá-lo. Então foram atrás do ministro, para quem relataram o crime, deixando-o colérico:

— Agora que aconteceu uma desgraça como esta na família, o infortúnio não terá mais fim. Gildong me procurou durante a noite dizendo que iria partir, mas eu não sabia o motivo. Como é que eu poderia suspeitar de uma coisa dessas?

Esbravejou o ministro para Chonang:

— Quando você falou certas coisas há uns dez dias, dei uma bronca dizendo que nunca mais dissesse tais coisas novamente. Mas você não se dignou a mudar de ideia e acabou causando uma desgraça na família! Se eu fosse castigá-la devidamente por este pecado, seria difícil você escapar da morte! Como eu poderia lidar com isso de outra forma?

Em seguida, chamou os criados e fez com que dessem sumiço nos dois cadáveres. Atordoado e alterado, o ministro não sabia mais o que fazer.

4

Como líder do bando de Hwalbin, saqueia o Templo Haein e a prefeitura de Hamgyeong

Longe de sua casa, Gildong vagou por todas as direções, até que um dia chegou a um lugar de paisagem muito bela, com picos que saltavam, de camada em camada, parecendo tocar o céu, e uma floresta tão densa que não o deixava distinguir o leste do oeste. Anoitecia, e a luz do sol minguava rápido, impedindo Gildong de ver qualquer sinal de habitação por perto. Sem poder dar um passo adiante, ele hesitou, até avistar mais à frente uma estranha cabaça descendo o vale, como se flutuasse sobre o riacho. Suspeitou então que pudesse haver alguma vila ali perto e foi seguindo o curso do riacho, até deparar com uma grande clareira onde estavam reunidas algumas dezenas de casas. Ao adentrar a vila, viu uma multidão reunida em festa, e garrafas de bebida e bandejas rolando pelo chão. Entretanto, percebeu também que um tumulto se instalava, embalado por opiniões diversas e inflamadas.

A vila era, na verdade, um reduto de ladrões. E, naquele dia, buscavam justamente eleger um novo chefe em meio a alegações conflitantes. Gildong ficou tentando compreender a situação, quando pensou: "Eu não tinha aonde ir e o acaso me trouxe aqui. Decerto, foi um desígnio dos céus. Me entregarei por completo a este antro de ladrões para realizar os intentos e os dotes de um legítimo varão."

Postando-se no centro da pequena multidão, Gildong se apresentou aos brados:

— Sou filho do ministro-mor Hong da capital, mas tive de fugir a fim de salvaguardar minha vida, pois matei uma pessoa. Vaguei pelas quatro direções até que o desígnio dos céus me fez chegar aqui hoje! Que tal me receberem como o herói dos heróis desta floresta?

Todos se olharam entre si e o recriminaram em uníssono. Afinal, estavam todos bêbados em meio a uma algazarra de discussões, quando de repente um pirralho forasteiro havia se infiltrado para reclamar o posto de líder.

— Todos aqui somos dotados de força extraordinária. Estamos nos demorando nesta indecisão pois não há quem possa realizar dois feitos em especial. Como ousa invadir a nossa festa para dizer coisas estapafúrdias? Teremos piedade e o deixaremos sair vivo daqui. Saia já!

Enxotado, Gildong foi empurrado para fora de um portal feito de pedra. Ali, partiu uma árvore e escreveu:

> Um dragão submerso em água rasa sofre ataque até dos peixes e das tartarugas; um tigre perdido de sua floresta é caçoado até por raposas e coelhos. Mas ventos divinos não demorarão, e sua transformação será difícil de mensurar!

Um deles se achegou, copiou o que estava escrito e levou para o líder do comício, que, após ler, disse aos que estavam reunidos:

— O menino não parece ser qualquer um, e ainda por cima se diz filho do ministro Hong. Não vejo mal em chamá-lo para testar seus dotes; podemos dar um fim nele depois.

Todos os reunidos concordaram e foram imediatamente chamar Gildong.

— Temos dois assuntos em pauta no momento. Um deles é que há uma rocha aqui na frente chamada Chobu e que pesa mais de quinhentos quilos, de modo que não há entre nós quem possa levantá-la. O segundo é que no Templo Haein, em Hapcheon, província de Gyeongsang, jaz uma fortuna, mas ela está guardada pelas centenas de monges que lá vivem, e não sabemos como arrebatar tal tesouro do templo. Se você conseguir realizar esses dois feitos, iremos nomeá-lo chefe!

Gildong ouviu e respondeu, rindo:

— Um verdadeiro varão, quando se posta diante do mundo, deve apreender os fundamentos do céu e cuidar dos fundamentos da terra. E entre uma coisa e outra, cuidar dos homens e de seus intentos sinceros. Como poderei vacilar diante de um desafio desses?

Prontamente arregaçou as mangas, avançou em direção à pedra, içou-a com os braços e deu dezenas de passos antes de devolvê-la no mesmo lugar, sem nenhum sinal de esforço. Todos o elogiaram em voz alta:

— De fato, o menino tem uma força colossal!

E fizeram-no sentar-se no alto e lhe ofereceram bebida, chamando-o de varonil, enquanto elogios e felicitações saltavam de todos os lados. Gildong então mandou matar um cavalo branco, do qual bebeu o sangue ainda quente, e bradou sua jura aos soldados:

— A partir de hoje, somos centenas em um só, na vida e na morte, na dor e na alegria! Se alguém trair esta promessa e desobedecer minhas determinações, será punido por leis militares!

Todos os soldados enalteceram sua ordem e se alegraram.

Passados alguns dias, ele anunciou:

— Irei até o Templo Haein e voltarei com um estratagema.

Pôs-se em trajes de menino aprendiz e foi até o templo montado em um burrinho, escoltado por serviçais disfarçados. Daquele jeito, parecia mesmo o próprio e legítimo filho de um ministro! Antes, enviou um ofício ao templo informando: "O filho do ministro Hong da capital irá passar uma temporada em seu templo para estudar os escritos budistas." Todos os monges do templo se reuniram para discutir:

— Se o filho de um ministro estiver vivendo aqui, nossa influência e nosso poder também não serão pequenos!

Todos então correram para o portão e o receberam com reverências. Gildong adentrou o templo muito contente, sentou-se e se dirigiu aos monges:

— Ouvi dizer que este templo é muito conceituado. Sua fama alcança até a capital onde vivo. Por isso, vim até aqui, a despeito da distância, para conhecer o local e também aproveitar para estudar. Peço então que não se sintam estorvados e mandem embora todos os trabalhadores do templo. Visitarei o prefeito do município e pedirei que envie vinte sacas de arroz. Depois, vamos marcar um dia para que preparem comida para todos nós. Nesse dia, não faremos distinção entre monges e citadinos, e nos deleitaremos juntos! E, a partir disso, mergulharei nos estudos.

Os monges ficaram honrados com o convite e seguiram suas ordens. Gildong visitou todos os recintos do templo e ordenou que dezenas de homens do seu bando trouxessem vinte sacas de arroz.

— Digam que foi o prefeito que mandou.

Como os monges haveriam de saber dos planos malignos de ladrões disfarçados? Preocupados em não desobedecer, começaram imediatamente a preparar a comida com o arroz trazido pelos ladrões e dispensaram todos os trabalhadores que eram de fora do templo. No dia marcado, Gildong reuniu seus homens e os instruiu:

— Agora irei ao Templo Haein e amarrarei todos os monges. Fiquem escondidos nas redondezas e, quando eu der o sinal, entrem todos de uma vez e vasculhem cada canto até encontrar os tesouros. Então, façam exatamente como eu mandar, e nem pensem em me desobedecer.

Em seguida, escolheu os dez homens mais fortes e rumou em direção ao templo. Enquanto isso, os monges o aguardavam na entrada da montanha onde ficava o templo. Ao adentrar, Gildong ordenou:

— Todos os monges deste templo devem se reunir hoje no vale dos fundos. Não pode faltar ninguém, não importa a idade. Hoje, irei comer, beber e me divertir o dia todo, plenamente.

Além da vontade de comer, os monges também tinham medo de pecar por desacato. Assim, as centenas de religiosos do templo se reuniram no vale, deixando o recinto totalmente vazio. Gildong se sentou no alto e fez com que todos se sentassem. Cada um dos convivas recebeu uma mesinha individual, e ele mesmo passou oferecendo bebida, um por um. Todos se divertiram até que a comida fosse servida. Nesse momento, Gildong sacou um punhado de areia que trazia escondido na manga e colocou-a na boca. Ao mastigar, produziu-se um som de pedras se quebrando, assustando os monges, que quase desfaleceram.

— Eu pretendia me divertir com vocês neste dia, sem distinção entre monges e civis, antes de me instalar no templo para estudar. Mas esses monges vis e arrogantes fizeram pouco de mim e prepararam uma comida sem cuidado algum! Estou ultrajado! — esbravejou. — Prendam todos eles! — ordenou aos serviçais que o acompanhavam.

Seus gritos soaram como raios partindo o ar. Que misericórdia poderia haver quando seus homens se lançaram sobre os monges, para amarrá-los?!

Nesse momento, os bandidos que estavam escondidos perceberam que era hora de entrar em cena: abriram as portas dos porões e carregaram todos os tesouros em carroças. Com braços e pernas imobilizados, os monges nada podiam fazer para detê-los. Apenas os lamentos que saíam de suas bocas pareciam fazer ruir o vale por inteiro.

Somente um marceneiro que ficara guardando o templo e não participara do banquete presenciou toda a ação. Testemunhou, portanto, que do nada saltaram ladrões por todos os lados, prontos para abrir os depósitos e levar os bens do templo. Correu afoito para reportar o incidente no Ofício de Hapcheon. O prefeito de Hapcheon, muito assustado, enviou um funcionário até o local, ao mesmo tempo que mandou reunir a guarda oficial para ir atrás dos bandidos.

Quando os ladrões estavam prestes a fugir com as carroças carregadas de tesouros do templo, viram, ao longe, centenas de soldados se aproximando como uma tempestade, parecendo uma nuvem de pó prestes a cobrir o céu. Os bandidos ficaram apavorados e, sem saber para onde ir, puseram-se a acusar Gildong. Mas este disse, sorrindo:

— Como vocês haveriam de saber do meu estratagema secreto? Não se preocupem e sigam pela grande estrada ao sul. Farei com que a guarda oficial siga pela via menor, ao norte.

Gildong entrou no recinto principal do templo e trajou-se com a vestimenta completa dos monges, incluindo o gorro. Em seguida, subiu ao alto de uma pedra e gritou em direção à guarda oficial.

— Os bandidos foram por aquela pequena via ao norte! Peguem-nos!

Abanou fortemente os braços, fazendo balançar as largas mangas do traje, e apontou várias vezes para a pequena estrada ao norte, fazendo os guardas abandonarem a estrada principal ao sul e seguirem pela outra. Em seguida, desceu da pedra, e, valendo-se da técnica de encurtamento de distâncias[12], levou seu bando até o reduto na floresta. Todos o louvaram com fervor.

Enquanto isso, o prefeito de Hapcheon, que liderava a guarda oficial à caça dos ladrões, acabou voltando de mãos vazias. A vila inteira estava em alvoroço. Quando o relatório chegou ao auditor regional, este ficou bem alarmado e despachou a guarda oficial para cada vilazinha da região, a fim de vasculhar e encontrar os bandidos. Mas, ao final, só conseguiram fazer muito estardalhaço e não localizaram um único rastro.

Um dia, Gildong chamou seu bando para uma discussão:

— Ainda que estejamos vivendo escondidos na floresta e comendo do que saqueamos, também fazemos parte do povo deste reino. Comemos desta terra e bebemos desta água por gerações, e o nosso dever seria ajudar o rei em

---

12. Podendo ser traduzido também por "técnica de compactar distâncias", diz respeito à capacidade de se movimentar, repentinamente, a uma velocidade muito alta, própria de alguém com um elevado grau de cultivo em artes marciais.

tempos de perigo, assumindo os riscos. Como poderemos deixar de lado as estratégias de guerra? Já tenho um plano para nos equipar com armas e, para isso, vamos transportar feno para queimar perto do túmulo real, do lado de fora do Portão Sul de Gamyeong, na província de Hamgyeong. Assim, no dia marcado, vamos atear fogo ao feno no meio da madrugada, mas temos de tomar cuidado para que o fogo não atinja o túmulo real. Vou ficar esperando com o restante dos nossos homens e entrar no Ofício de Gamyeong para saquear seus depósitos e as armas.

Tendo combinado os procedimentos do dia prometido, dividiu seus homens em duas brigadas, ordenando uma delas a transportar feno, enquanto a outra deveria ficar escondida junto dele. Chegada a alta madrugada, labaredas de fogo foram vistas subindo ao alto perto do túmulo real, e Gildong entrou no castelo citadino batendo à porta do ofício aos berros:

— O túmulo real está em chamas! Corram para lá!

O oficial que dormia no plantão acordou de sobressalto e viu as chamas preenchendo o céu perto do túmulo real. Saiu às pressas com seus homens enquanto reunia os soldados e os guardas, em meio a uma cidade fervilhando em algazarra. Civis também correram para ver o incêndio, e a cidade encastelada ficou quase vazia, ocupada apenas por crianças e velhos. Foi então que Gildong guiou seus homens e investiu com rapidez nos depósitos oficiais, saqueando grãos e armas, e novamente voltou ao seu reduto num instante, utilizando a técnica de encurtar distâncias.

Quando o oficial conseguiu voltar ao posto, depois de apagar o fogo, um guarda que estava na porta do depósito relatou:

— Apareceram ladrões não sei de onde, abriram os depósitos e roubaram armas e grãos!

Estupefato, o oficial enviou seus homens para todos os lados em busca do bando de ladrões, mas eles não conseguiram encontrar qualquer sinal. Concluiu que se tratava de um incidente excepcional e reportou o fato à corte.

Naquela noite, já de volta ao reduto, Gildong ofereceu um banquete a todos e disse, em meio à festa:

— A partir de agora, não tocaremos mais nos bens públicos, apenas retiraremos os bens que os governantes locais espoliaram do povo. Com isso, salvaremos aqueles que estejam em grande dificuldade. Daremos ao nosso bando o nome de Hwalbin, isto é, "dar vida aos pobres".

E prosseguiu:

— A cidade de Gamyeong na província de Hamgyeong perdeu armas e grãos sem localizar qualquer rastro nosso. Por causa disso, muitos inocentes acabarão sendo feridos por aí. Se eu deixar que o povo inocente leve a culpa dos pecados que cometi, como não temerei a penalidade do céu, ainda que os homens nunca venham a saber?

Em seguida, fez um cartaz e o colou no Portão Norte de Gamyeong: "Quem roubou os grãos e as armas do depósito oficial foi Hong Gildong, chefe do bando Hwalbin."

5

Dá uma lição no inspetor-chefe

Um dia, Gildong pensou: "Nasci predestinado a uma vida nada comum, o que me fez fugir de casa e encontrar abrigo no antro de um bando de ladrões no meio da floresta, mas essa não é a minha aspiração sincera. Eu seria merecedor de respeito e honra social, auxiliando o rei a oferecer assistência ao povo, e dedicaria toda a glória aos meus pais, no entanto, acabei chegando a este ponto levado pelo ódio de ser discriminado. Em momento oportuno, farei com que tudo isso se transforme em uma chance de ter o meu nome conhecido no mundo, a legar para a posteridade".

Então, construiu sete espantalhos de si mesmo e os distribuiu pelas oito províncias do reino, cada um acompanhado de um grupo de cinquenta homens. Cada espantalho era dotado de alma e espírito, em perfeita harmonia com o corpo, de modo que mesmo o mais desconfiado dos soldados não conseguiria dizer qual deles era o verdadeiro Gildong. Divididos em oito províncias, cada grupo tirava riquezas da elite corrupta para distribuir entre os pobres, saqueava os bens subornados dos governantes locais e abria as portas dos depósitos oficiais para ajudar o povo em dificuldade. Com isso, ouviam-se pelo reino ruidosas ocorrências aqui e acolá, de soldados que inutilmente tentavam proteger os depósitos, sem nem poder dormir direito, pois, quando Gildong se punha a exibir suas artimanhas, tempestades se assomavam e nuvens se adensavam em neblina confundindo o céu e a terra, de modo que nenhum guarda poderia detê-lo — era como se estivessem de mãos e pés atados. Provocando tumultos nas oito províncias do reino, ele sempre bradava:

— Sou Hong Gildong, chefe do bando Hwalbin!

E, ainda que propalasse seu nome aos quatro ventos, não havia quem fosse capaz de seguir seu rastro. Governadores das oito províncias enviaram ofícios ao rei, com o seguinte conteúdo:

> Um bandido dos grandes, de nome Hong Gildong, que sabe manejar nuvens e chuvas, está causando tumultos em várias províncias. Num dia, rouba armamentos de

uma cidade, no outro saqueia os grãos do depósito de uma vila, mas ninguém consegue encontrar nem sequer vestígios desse ladrão, razão pela qual vimos reportar, pelo presente ofício, este fato deveras vergonhoso.

Transtornado, o rei analisou detalhadamente os ofícios que chegaram de várias províncias e percebeu que todos os episódios haviam acontecido no mesmo dia do mesmo mês. Ainda que mergulhado em grande preocupação, enviou ordens a todas as vilas do reino:

— Que seja nobre ou plebeu, não importa: aquele que pegar esse bandido será recompensado com mil moedas de ouro!

Despachou também enviados reais para as oito províncias, a fim de acalmar os ânimos do povo.

Enquanto isso, Gildong seguia em seu nobre palanquim, usado somente pelos mais altos oficiais. Capturava governantes locais, expulsando-os e punindo-os por corrupção; escancarava os depósitos oficiais para salvar o povo empobrecido; castigava criminosos e abria a cela dos inocentes. Em cada cidade, ninguém era capaz de adivinhar seu paradeiro, e todos estavam apreensivos. O reino, por fim, estava inteiramente apreensivo. O rei, furioso, vociferou:

— Quem é esse sujeito ousado que fica a andar pelas oito províncias num mesmo dia, provocando tamanha balbúrdia? É lamentável saber que não há ninguém que possa pegá-lo, para o bem do reino!

Uma pessoa que estava aos pés da escadaria se apresentou:

— Não tenho tantos dotes, meu rei, mas se Sua Alteza me conceder alguns homens, capturarei esse grande malfeitor e diminuirei suas dignas preocupações.

Todos viram que se tratava de Yi Eop, o inspetor-chefe. O rei ficou tocado por sua valentia e concedeu mil homens do exército oficial, ao que Yi Eop respondeu com grande reverência, partindo imediatamente. Quando passava por Gwacheon, nos arredores da capital, dividiu a tropa em vários grupos, mandando cada um ir para um lugar diferente, instruindo-os:

— Passem por aqui, ali e acolá, e, no dia tal, reúnam-se todos em Mungyeong.

Ele próprio se disfarçou e caminhou à paisana por alguns dias, até chegar a uma vila. Como o dia ia escurecendo, entrou em uma taberna para descansar. Pouco depois, um rapazinho chegou de burrinho ao local, acompanhado de vários outros meninos, e se sentou perto de Yi Eop. Apresentaram-se informando seus nomes e suas origens, conversaram sobre isso e aquilo, até que o rapazinho começou a se lamentar:

— Diz-se que não há terra sob o vasto céu que não seja do rei, e que não há ninguém dentre todo o povo do reino que não seja súdito do rei. Pois agora um grande ladrão, de nome Hong Gildong, está a causar confusão pelas oito províncias, perturbando os ânimos do povo. O rei está furioso e enviou ofícios a todos os cantos do reino para que o capturem, mas sem nenhum resultado. O tormento deve ser igual em toda a parte. Até tenho alguma valentia e vontade para prender esse bandido, a fim de diminuir as preocupações do reino, mas não sou muito forte, nem tenho quem me dê retaguarda! Que suplício!

Aos olhos de Yi Eop, a figura do rapazinho, bem como suas palavras, transmitiam lealdade e coragem sinceras. Assim, surgiu nele um sentimento de admiração e, por isso, aproximou-se do jovem, tomou suas mãos e disse:

— Quão louvável o que diz! É de fato alguém que combina fidelidade e honradez! Ainda que meus talentos não sejam grandiosos, darei o máximo de mim para oferecer-lhe retaguarda e ajudar-lhe, e estarei disposto a entregar minha própria vida. Que tal nos unirmos para pegar esse ladrão?

O menino concordou, demonstrando gratidão:

— Se é verdadeiro o que diz, vamos sair daqui para testar seus dotes e ir atrás desse Hong Gildong!

Yi Eop o seguiu até um ponto remoto no meio da montanha, quando, de repente, o menino projetou-se para o alto, sentou-se na beira do penhasco e desafiou-o:

— Se me chutar com todas as suas forças, poderemos saber do que você é capaz.

Yi Eop o chutou com todas as forças. Ainda sentado, o jovem deu um rodopio e disse:

— Você é forte! Com tal força, acho que não precisamos mais nos preocupar em pegar Hong Gildong! Como aquele bandido se encontra agora mesmo nesta montanha, vou lá dar uma espiada. Espere aqui até eu voltar.

Yi Eop ficou sentado esperando, até que viu dezenas de soldados de aparência monstruosa usando lenços amarelos na cabeça se aproximarem aos berros:

— Você é o inspector-chefe Yi Eop? Viemos aqui para pegá-lo, a mando do grande rei do inferno!

Eles se atiraram sobre Yi Eop, amarrando-o com uma corrente de ferro, e levaram-no. Enquanto caminhavam, Yi Eop, perplexo e desatinado, não sabia dizer se ainda estava no mundo dos homens ou se já estava sob a terra.

Logo chegaram a um lugar de onde se avistava tenuemente um casarão com telhado tão suntuoso que mais parecia um palácio. Os homens fizeram-no ajoelhar no meio do pátio e, em seguida, ouviu-se uma voz vinda do alto, recriminando-o:

— Você ousou fazer pouco do chefe do bando Hwalbin e quis sair por aí tentando pegá-lo? O general Hong recebeu um mandato do céu para andar pelas oito províncias, tirando riquezas dos governantes corruptos e dos infames que se beneficiaram de falcatruas, com o objetivo de ajudar o povo pobre. Vocês é que quiseram enganar o povo, reportando falsidades ao rei e ferindo pessoas de bem. E é por isso que queremos trazer calhordas como você para o reino dos mortos para que sirva de alerta. Sendo assim, não nos recrimine. — E ordenou ao Espírito da Força: — Pegue Yi Eop e leve-o para o reino dos mortos, para que ele nunca mais volte ao mundo dos vivos.

Yi Eop se lançou ao chão e, batendo com a testa na terra, implorou:

— É que o general Hong estava andando de cidade em cidade causando tumultos e perturbando os ânimos do povo, e o rei ficou furioso. Um súdito como eu não podia ficar de braços cruzados só olhando, então resolvi capturar Hong e honrar o desejo do rei. Peço que deixe a salvo esta minha vida inocente.

Suplicou com tamanho desespero que tanto os homens que o cercavam quanto o próprio Gildong, que estava no tablado, soltaram gargalhadas diante de tal covardia. Gildong ordenou que soltassem Yi Eop e o trouxessem até o tablado, oferecendo-lhe uma bebida:

— Levante sua cabeça e olhe para mim. Sou aquele que você encontrou na taberna. Sou Hong Gildong. Gente como você, que sejam mil ou cem mil, não conseguirá me pegar. Se o atraímos até aqui foi para lhe mostrar o nosso poderio. E é para que você impeça os outros de perseguirem algo que está além da capacidade de vocês.

E ainda mandou trazer mais dois homens, fazendo-os ajoelharem no pátio, a fim de enumerar seus crimes:

— O certo seria eu mandar cortar a cabeça de vocês, mas, já que decidimos libertar Yi Eop, vamos deixar que saiam daqui vivos também. Voltem, e jamais pensem em capturar o general Hong.

Somente então Yi Eop entendeu quem era Gildong, mas ficou de cabeça baixa e em silêncio, envergonhado. Em seguida, adormeceu rapidamente, em posição sentada, e, quando acordou, percebeu que estava tudo escuro e que não conseguia mexer nem os braços nem as pernas. Valeu-se de todas as forças para se desvencilhar, e então entendeu que estivera metido dentro de um saco de couro. Percebeu que havia mais dois sacos de couro pendurados à sua frente, com os outros dois que tinham sido presos com ele na noite anterior. Quando desamarrou os sacos, descobriu que eram justamente seus enviados para Mungyeong. Perplexo, disse, rindo:

— Comigo, aconteceu que fui enganado por um menino por aí, e coisa e tal. E vocês? Como foram parar aí?

Os soldados responderam, também rindo:

— Nós estávamos dormindo numa taberna, não sabemos como viemos parar aqui.

Olharam à sua volta e viram que estavam no monte Bugak, já na capital.

— É um disparate sem tamanho! Não abram o bico sobre isso para ninguém!

6

Oito Gildongs capturados

Era um tempo em que Gildong exibia dons assombrosos. Podia perambular pelas oito províncias do reino sem que ninguém o reconhecesse; desvendava fraudes dos governantes locais, apresentando-se como inspetor-real, e depois os punia sumariamente, para então reportar ao rei; interceptava com precisão subornos que eram enviados de cada vila à capital, deixando muitos oficiais a ver navios. Por vezes, surgia repentinamente na capital, indo e vindo por avenidas montado numa carruagem de ministro, causando, de cima a baixo, o alvoroço da população perplexa e desconfiada, tumultuando assim todo o reino. Ao rei, mergulhado em preocupações, o juiz-mor aconselhou:

— Pelo que tenho ouvido, Sua Alteza, o bandido Hong Gildong é um filho ilegítimo do ex-ministro-mor Hong. Sugiro que prenda o pai dele agora. E promova Gilhyeon, seu irmão, que é hoje o ministro do Interior, nomeando-o auditor da província de Gyeongsang, e lhe dê um prazo para que prenda seu irmão bastardo. Desse jeito, por mais desleal e sem vergonha que seja Gildong, acabará se entregando, para salvar a honra do pai e do irmão.

O rei ordenou imediatamente que prendessem Hong Mun e mandou um emissário chamar Gilhyeon ao palácio.

Enquanto isso, o ministro-mor passava os dias aflito, temendo o porvir. Afinal, desde que Gildong se fora, ficara sem saber de seu paradeiro e sem qualquer notícia. E, ao largo de qualquer expectativa, compreendeu que o filho havia se transformado em um bandido, causando arruaça no reino, de modo que não sabia mais o que fazer com seu coração assustado. Não era fácil ir à corte confessar o ocorrido, da mesma forma que ficar de braços cruzados, como se nada soubesse, também parecia insuportável. De tanto ficar obcecado e preso a esses pensamentos, acabou doente e acamado, sem poder mais se levantar.

Gilhyeon, o primogênito e ministro do Interior, ao saber que a doença de seu pai se agravara, pediu licença do cargo e voltou para sua terra. Ao chegar à casa paterna, foi direto ao seu aposento sem mesmo tirar o cinto, e assim ficou cuidando dele por mais de um mês, sem entender o que estava acontecendo na corte. Um dia, de repente, um oficial de justiça veio atrás dele a fim de transmitir ordens do rei, aprisionando o ex-ministro-mor e ordenando o regresso do ministro do Interior à corte. Todos da casa ficaram transtornados.

Quando Gilhyeon chegou ao palácio da capital, ficou sabendo por que fora chamado e ficou à espera da punição, já que um ministro irmão de ladrão também ladrão era. Mas o rei o procurou e disse:

— Seu irmão se tornou um bandido do reino e anda cometendo atos que excedem seus limites. Se fosse para punir seus atos, o correto seria penalizar a família inteira, com certeza. Mas lhe concederei um tempo para que vá até a província de Gyeongsang e capture-o, de modo a evitar a desgraça da família Hong.

Gilhyeon se prostrou perante o rei e implorou:

— Desde que meu humilde irmão cometeu um assassinato e fugiu, estávamos sem saber de seu paradeiro. Decerto eu mereceria ser decapitado por tamanho crime. Mas meu pai octogenário se encontra muito doente justamente por saber que seu humilde filho tornara-se um malfeitor do reino. Ele está entre a vida e a morte. Rogo-lhe que nos conceda sua graça, para que meu pai possa voltar para casa, a fim de cuidar da saúde. Hei de ir até a província de Gyeongsang para pegar esse bastardo e trazê-lo à sua frente.

O rei, tocado por tamanha lealdade, ordenou que soltassem o velho Hong, para que cuidasse da saúde, e nomeou Gilhyeon auditor da província de Gyeongsang, dando um prazo para que prendesse o irmão. O ministro do Interior curvou-se repetidas vezes diante da benesse do rei e partiu rumo à província designada. Oficiou as vilas para que afixassem cartazes à procura de Gildong por todos os cantos, com os seguintes dizeres:

> Todas as pessoas, quando vêm ao mundo neste céu-terra, nascem urdidas nas cinco obrigações morais[13], sendo que as maiores são as que nos ligam ao rei e ao pai. Nascer homem e abandonar as cinco obrigações é desistir de ser gente, ainda mais quando se é alguém cujas experiências e sabedoria excedem as das pessoas comuns. Como não nos afligir? Nossa família foi agraciada pelo rei, geração após geração, tirando o nosso sustento dos afazeres do reino, ao que deveríamos retribuir com a mais profunda lealdade. Mas, chegada a atual geração, não se sabe até onde irá a sua deslealdade e o seu desacato às ordens do reino, e só temos a lamentar! Sei que em todos os tempos houve súditos a tumultuar o reino ou traidores a cometer perfídia ao rei e ao pai, mas saber que isso está acontecendo justamente no seio de nossa família é algo impensável! O rei encontra-se

---

13. Referências às leis morais do confucionismo provenientes das cinco ligações humanas fundamentais: rei e súdito, pai e filho, marido e mulher, mais velho e mais novo, amigo e amigo.

verdadeiramente enfurecido com tais desfeitas, e seria mais do que merecida a pena extrema. Mas Sua Alteza nos concedeu uma graça imensa, pois não mais culpará a nosso pai, desde que eu capture o responsável com rapidez. Estou em grande débito com o nosso rei, e o nosso pai, já de cabelos brancos, adoeceu do coração, assustado e acamado de tanto passar os dias e as noites imerso em preocupações por sua causa, sabendo que você amotina contra o reino com tamanha gravidade. A recuperação dele é muito incerta e, se nosso pai partir deste mundo por sua causa, você será um traidor maior tanto em vida quanto após a morte, pois deixará a marca eterna da deslealdade ao nosso rei e ao nosso pai. E não seria uma enorme injustiça o destino de nossa família depois de tudo isso? Você, cuja inteligência é tão privilegiada, como não consegue considerar tudo isso em seus pensamentos? Seria capaz de continuar a viver neste mundo carregando esses pecados? Ainda que os homens possam perdoá-lo, os castigos do céu são mais corretos e jamais iriam mitigar seus pecados. Agora, é chegada a hora de você cumprir os desígnios do céu e ficar à espera das providências da corte. Como haveria de ser diferente? Espero que volte logo.

O novo auditor, ao tomar posse no cargo, suspendeu seus trabalhos oficiais e, enquanto esperava pela volta do irmão, passou os dias em apreensão e agonia, tanto pela perturbação do rei quanto pela doença de seu pai. Até que, um dia, um serviçal veio avisá-lo:

— Um menino está lá fora e pede para vê-lo, senhor.

Gilhyeon de pronto mandou chamá-lo, e então um rapaz se prostrou ao pé dos degraus chamando a si de pecador. O auditor achou muito estranho e perguntou-lhe o ocorrido, ao que o rapaz respondeu:

— Irmão, como é que não reconhece o seu irmão Gildong?

O auditor, muito surpreso e contente, correu até ele, pegou-o pelas mãos e puxou-o para o aposento interno. Mandou que todos se retirassem e disse, aos suspiros:

— Seu inconsequente! Só volto a vê-lo agora, desde que saiu de casa ainda menino! Mas meu coração se enche de tristeza quando deveria estar cheio de alegria! Com os dotes físicos que tem e com tantos talentos, como é que pode andar por aí cometendo atos tão abomináveis e infames, obrigando seu pai e seu irmão a romper com a graça e com o amor de família? Até o povo ignaro dos campos sabe prestar lealdade ao rei e dedicação ao pai. Você nasceu dotado de uma natureza inteligente e talentosa, muito acima das outras pessoas, e deveria honrar isso, dedicando uma lealdade ainda maior ao rei e ao pai. Mas, pelo contrário, abandonou a si mesmo junto aos que erram, cometendo traições e deslealdades piores do que as de gente comum! Como não seria de se lamentar? Seu pai e eu éramos tão felizes de ter na família um menino tão inteligente e sábio, e como você nos retribui? Eu e nosso pai odiaríamos vê-lo escolher a morte em nome da lealdade e da fidelidade. O que dirá então do que sentiremos ao vê-lo ser morto por violar as determinações do reino!? As leis do reino são severas e, por mais que busquemos salvá-lo, não haverá jeito. Que utilidade teria lamentar por você? Talvez você tenha vindo aqui pronto para morrer de bom grado, em consideração a mim e ao nosso pai, mas pavor é o que sinto, e minha tristeza é ainda maior do que quando não conseguia encontrá-lo! Por certo você não poderia incriminar os homens e o céu, já que foi você mesmo quem cometeu todos aqueles crimes, mas o nosso pai e eu só podemos culpar o destino de ter de vê-lo morrer diante de nossos olhos. Como é que você não se deu conta disso quando praticou atos que excediam seus limites? Ainda que evoquemos mil anos passados, nada se equiparará a esta noite e à despedida entre vida e morte!

Gildong respondeu entre lágrimas:

— Irmão, saiba que este desprezível Gildong não pretendia desacatar seus conselhos desde o início. Já era um ressentimento de uma vida inteira ter tido o destino que tive, nascendo de baixa estirpe, mas ainda fui perseguido por gente invejosa de nossa própria família. Perambulei sem destino em fuga, quando por um acaso totalmente inesperado fui levado a um antro de bandidos, onde acabei confiando meu sustento e, a partir daquele momento, os crimes já me foram imputados. Irmão, amanhã mesmo reporte ao rei da minha captura, me amarre e me entregue à corte.

Os dois passaram a noite em claro conversando e recordando os dias passados. Chegada a madrugada, o auditor amarrou-o com correntes de ferro, enquanto lágrimas corriam sem parar sobre seu semblante abatido ao despachá-lo.

Foi exatamente quando, de todas as oito províncias do reino, foram enviados ofícios à corte, cada qual afirmando ter capturado o bandido Gildong e provocando aglomerações de gente incrédula, que se amontoava nas ruas para vê-lo sendo trazido. O rei, então, foi pessoalmente interrogar os oito Gildongs capturados, mas todos os oito diziam, cada qual, em uníssono:

— Eu é que sou o verdadeiro!

Os oito se puseram a exibir os músculos do braço e se pegaram formando uma massa briguenta enrolada, agarrados uns aos outros no chão, produzindo um verdadeiro espetáculo para o povo todo assistir. Os súditos e os algozes também não conseguiam distinguir o verdadeiro dos falsos. Vários súditos correram para o rei.

— Dizem que não há ninguém que conheça melhor um homem do que o próprio pai. Rogamos que mande chamar o tal Hong para que ele nos diga quem é o verdadeiro.

O rei concordou e mandou convocar o pai imediatamente, ao que o ex-ministro-mor compareceu de pronto e se prostrou à sua frente.

— Tanto quanto sei, o senhor tem um único Gildong, mas agora são oito, como isso é possível? — perguntou o rei.

— Vá distinguir o verdadeiro para pôr fim a este tumulto!

O ex-ministro-mor disse, às lágrimas:

— Permiti-me a atos contrários à correção e me aproximei de uma concubina plebeia, gerando um filho plebeu em consequência. Isso trouxe apreensão à Sua Alteza e perturbação à corte, e mereço morrer mil vezes por isso!

Lágrimas corriam molhando a barba já branca do ex-ministro-mor, enquanto se dirigia aos oito Gildongs, em tom de recriminação:

— Por mais que ignore lealdade ao rei e ao pai, você está na solene presença da majestade e, abaixo dele, de seu pai. Está a ludibriar seu rei e seu pai bem diante de nós, e seu pecado não conhece limites da monstruosidade. Honre logo o mando real e receba sua punição. Se não o fizer, terei eu de morrer diante de si para aplacar um mínimo que seja a ira de Vossa Majestade.

E então se voltou ao rei:

— Meu desprezível filho tem sete pintas vermelhas na perna esquerda. Faça disso um meio de prova para reconhecê-lo.

Os oito Gildongs arregaçaram juntos as calças, exibindo todos as tais sete pintas. O ex-ministro-mor, vencido pelo desespero e pelo assombro, desfaleceu. O rei, assustado, ordenou que o socorressem, sem que pudessem reanimá-lo. Diante disso, os oito sacaram de seus bolsos dois comprimidos semelhantes a tâmaras e disputaram entre si para enfiá-los na boca do pai, que recuperou a consciência em seguida. Os oito Gildongs declararam, chorando:

— Ingrato foi o meu destino e tomei emprestado o ventre de uma inferior serva sua para vir a este mundo. Além de não poder chamar meu pai de pai, nem meu irmão de irmão, havia gente na própria família a invejar meus dotes. Sem poder encontrar paz na própria casa, confiei meu corpo à montanha e pretendia envelhecer junto às árvores. Mas o céu nem isso me permitiu, e caí no reduto de ladrões. Contudo, jamais roubei um único grão dos bens do povo, tirei sim fortunas dos safados e subornos dos governantes locais e por vezes subtraí provisões do reino. Mas sendo o rei e o pai um só corpo, como podem acusar o filho de ter comido da comida do pai e chamá-lo de ladrão? É como acusar o bebê de subtrair o leite do seio da mãe. Apenas que os oficiais ardilosos reportaram mentiras à Sua Alteza, de modo a encobrir seu sábio julgamento. O pecado é deles, não meu.

O rei ficou furioso e o censurou severamente:

— Se não subtraiu bens sem que o subtraído tivesse merecido, o que dizer de ter enganado os monges e de ter roubado os bens do Templo Haein, em Hapcheon? E, ainda mais, de ter ateado fogo em um túmulo real e assaltado as armas do palácio? Que outro pecado maior poderia haver ainda?

Os oito Gildongs se prostraram diante do rei a suplicar:

— A doutrina budista tem iludido o mundo e seduzido o povo. Os monges têm tirado os grãos do povo sem que eles próprios tivessem arado a terra; tomaram as vestes do povo para si sem que tivessem urdido os fios, além de idolatrarem feições de bárbaros forasteiros lesando seus próprios cabelos e pele herdados dos pais; abandonaram o rei e seus próprios pais, deixando de pagar tributos ao reino e de prestar cerimônias aos pais. Não pode haver imoralidade maior do que essa. O motivo de termos subtraído as armas do palácio era para correr em auxílio do senhor numa eventual batalha, pois pretendíamos permanecer nas montanhas exercitando a arte da guerra. Em caso de uma eventual guerra, sairíamos em auxílio, mesmo que fosse com flechas de pedra lascada, para combater o inimigo. Além disso, ateamos fogo apenas como estratégia, tanto que não permitimos que as chamas alcançassem o túmulo real. Meu pai bem sabe que há gerações nossa família recebe ordenados do reino e a vida inteira temeu que toda e qualquer devoção que ele possa dedicar não fosse suficiente para retribuir a graça do reino. Sabendo disso, como eu haveria de guardar pensamentos que traem tal benesse? Mesmo que escrutinasse os meus pecados, a pena não chegaria a ser de morte, mas Sua Alteza só tem ouvidos às intrigas dos súditos mais próximos e se enfurece. Por isso, não esperarei que ordene a minha pena, morrendo antes. Peço que, com isso, Sua Alteza aplaque a sua ira.

Os oito Gildongs caíram mortos, formando um monte de cadáveres. Todos estranharam e, quando se aproximaram, viram que o verdadeiro havia desaparecido, deixando ali apenas sete espantalhos. Ao ver a falcatrua, o rei ficou ainda mais furioso e oficiou o auditor da província de Gyeongsang, compelindo-o a capturar Gildong novamente.

7

É empossado ministro da Guerra

Enquanto isso, o auditor de Gyeongsang, Gilhyeon, depois de ter despachado o irmão para a capital, passava os dias irrequieto e à espera de notícias, sem conseguir dar continuidade aos trabalhos oficiais. Um dia, ao receber um mandado vindo do rei, cumpriu o protocolo de quatro reverências na direção norte, onde fica o palácio real, e então abriu o ofício: "O senhor nos enviou um espantalho em vez de Gildong, provocando confusão à guarda palaciana, feito este que configura uma farsa e uma fraude contra o rei. Não irei incriminá-lo por ora, para que o capture dentro de dez dias."

O tom do texto era deveras severo. O auditor, perturbado, ficou sem saber o que fazer e emitiu ordens para todos os lados, na tentativa de encontrar Gildong novamente.

Numa noite de lua clara, estava ele a se demorar escorado no parapeito da janela quando o vulto de um menino desceu pelo teto de seu gabinete e se prostrou em reverência. Ao olhar com mais atenção, viu que era seu irmão. Foi logo dando uma grande bronca:

— Por que motivo segue aumentando seu pecado a cada dia, colocando em risco de desgraça toda a família? Os mandos vindos do rei são muito graves. Não deve me maldizer por isso, mas antes honrar, e imediatamente, a ordem real!

Gildong voltou a se prostrar e respondeu:

— Meu irmão, não se preocupe. Prenda-me amanhã e despache-me. Mas, para minha escolta, escolha guardas que não tenham pais, esposas e nem filhos. Essa seria uma boa solução.

O auditor quis saber o motivo, mas ele não respondeu. Mesmo sem conhecer seus planos, o auditor escolheu guardas conforme o menino pedira, para o escoltarem até Hanyang. Ao saber da notícia, a corte ordenou que centenas de atiradores da guarda de defesa se posicionassem em tocaia no Portão Sul.

— Assim que ele transpuser o portão, atirem todos ao mesmo tempo contra ele. — Era essa a ordem expressa do rei.

Nisso, Gildong, que vinha preso e escoltado, fazia-se de chuva e de vento — afinal, como haveria ele de não ter percebido tal movimentação? Já quando se aproximava do Portão Sul, escreveu no ar três vezes o pictograma da chuva (雨) e lançou-os para o céu. Assim, quando transpôs o portão e todos os artilheiros a postos atiraram nele simultaneamente, os canos das armas já estavam cheios de água e não surtiram o efeito esperado. Foi encaminhado, então, até o portão do palácio real, de onde falou aos guardas que o escoltaram.

— Vocês me escoltaram até aqui e, por isso, não serão castigados.

Depois, lançou-se pelos ares e se atirou para debaixo da carroça, de onde saiu caminhando devagar a passos largos. Cavaleiros que guardavam a base palaciana foram chamados para atirar, mas Gildong já estava longe, nos arredores de Hanyang. Por mais que açoitassem os cavalos, que jeito teriam de alcançá-lo, se não dominavam o método de encurtar distâncias? Ninguém da cidade encastelada poderia compreender tal fantástica perícia. Naquele dia, cartazes foram afixados nos quatro principais portões de entrada da capital com os seguintes dizeres: "Meu maior desejo da vida é me tornar ministro da Guerra. Sua Alteza, rogo-lhe que me conceda sua soberba graça para nomear-me ministro da Guerra. Assim, eu mesmo me entregarei!"

Uma calorosa discussão se estabeleceu na corte:

— Vamos atender ao desejo de vida dele e, assim, prover conforto aos corações do povo.

— Ele é um bandido desleal e sem escrúpulos, sem nenhum mérito que tenha dedicado para o bem do reino. Agitou todo o povo, trouxe somente preocupações à majestade. Como é que poderíamos conferir o posto de ministro da Guerra do nosso reino a um elemento desses?

As opiniões eram acirradas, e não se chegava a uma conclusão.

Um dia, Gildong foi até um beco bem escondido do lado de fora do Portão Leste, e evocou as seis divindades da guerra.[14]

— Façam a formação de guerra e preparem-se para lutar!

Pouco depois, dois oficiais desceram dos céus, curvaram-se em reverência e se postaram um de cada lado dele. De repente, num instante, um exército de centenas de soldados em seus cavalos apareceu, sabe-se lá de onde, e se postou prontamente em posição de guerra. No meio da formação, havia uma elevação de ouro amarelo em três

---

14. Divindades do xamanismo coreano.

degraus, para onde Gildong foi alçado. A imponência de um exército bem arrumado era de ofuscar os olhos, e sua altivez era soberba. Gildong ordenou a uma das divindades:

— Há súditos na corte que difamam e tramam contra mim. Traga-os aqui.

Passado um tempo, a divindade voltou com uma dezena de pessoas acorrentadas, feito uma ave de rapina que traz seus pintinhos no bico. Ajoelhados à força ao pé do pedestal, ouviram Gildong enumerar seus pecados:

— Vocês são as traças que carcomem a corte, trapaceiam o reino e insistem em ferir o general Hong Gildong. Por seus pecados mereceriam ser decapitados, mas relevarei por condoer-me de suas vidas.

Foram condenados a trinta golpes de porrete aplicados por cada uma das alas, ao fim dos quais por um triz escaparam da morte. Gildong também ordenou a uma das divindades:

— Se eu estivesse encarregado de um posto na corte cuidando de leis, a primeira coisa que faria seria extinguir o budismo e demolir todos os templos das oito províncias, mas estou vendo que em breve terei de deixar o reino de Joseon. Mas como Joseon continua sendo o reino de meus pais, jamais poderei esquecê-lo, mesmo vivendo em um reino longínquo. Agora, vão, e tragam para cá todos os monges patifes que vivem confundindo o povo e se beneficiando da desordem. Também arrastem para cá aqueles filhos de altos oficiais do Clube de Leitura[15], que, com seu berço nas costas, desconhecem o limite da arrogância, cometem atos nada corretos e ainda enganam o povo sofrido e castigado para tirar-lhes bens. O problema é que o palácio é muito fundo e a graça do rei não alcança todos os cantos escondidos, onde habitam as traças traiçoeiras que carcomem o reino e cegam a sapiência da majestade, sendo realmente muitos os afazeres pífios do reino.

A divindade então voou pelos céus e voltou trazendo uns cem monges, além de uma dezena de jovens. Gildong, cheio de imponência, imputou a eles os pecados, os quais leu em voz alta.

— O certo seria que vocês jamais voltassem a ver a luz do dia, mas não sou alguém nomeado pelo reino para executar as leis e, por isso, lhes darei uma chance. Caso venham a continuar vivendo como antes, irei pegá-los e decapitá-los, mesmo a milhares de *lis* daqui, não duvidem disso.

Após ouvir essas palavras, eles foram dispensados. Então, a fim de alimentar e confortar os soldados, reorganizou o exército e mandou capturar bois e carneiros, ao passo que os proibiu de fazer arruaça. No céu alto e azul, o sol branco se mantinha parado e quieto, e a repreensão era grandiloquente no vento-nuvem que se

---

15. Ver Glossário.

assomava pelas oito direções. Gildong então parou para beber e, quando o álcool lhe subiu nos ânimos, empunhou a espada e começou a dançar. O fio da espada reluzia contra o sol e as mangas farfalhavam pelo ar! O dia foi escurecendo. Após ter inspirado profundamente os ânimos dos soldados, ele mandou as divindades embora e ele mesmo evadiu-se pelos ares, voltando num instante ao reduto do Hwalbin.

Com esse incidente, uma nova ordem foi expedida às pressas para prendê-lo, mas Gildong nunca mais foi visto. Continuava enviando bandidos para saquear as riquezas que os governantes locais mandavam à capital como suborno e os armazéns oficiais de grãos, salvando o povo miserável. Sua habilidade em aparecer e desaparecer não era compreensível para as pessoas. O rei, muito aflito, lamentou-se:

— A façanha desse menino não pode ser detida por forças humanas. Fervilham por todos os lados vozes do povo em seu louvor, e sua proeza é de se enaltecer de fato. Talvez o melhor seja mesmo empregar esse dom para ser aproveitado na corte.

Ao final, o rei empreendeu uma chamada pública, oferecendo a ele o cargo de ministro da Guerra, ao que Gildong atendeu, adentrando pelo Portão Leste montado em um palanquim e escoltado por dezenas de serviçais.

Oficiais menores do ministério o receberam e o levaram até o palácio real, onde ele se prostrou, declarando:

— Sua graça divina excede a minha condição ao nomear-me ministro da Guerra. Temo que este meu coração agradecido não consiga retribuir-lhe de modo a fazer jus à sua soberba dádiva, majestade.

E partiu. Depois daquele dia, não se ouviu mais falar de nenhuma confusão causada por Gildong, e o rei retirou a ordem dada às oito províncias para prendê-lo.

Passados três anos, quando o rei apreciava o luar ao lado de seus eunucos numa noite de lua clara, uma divindade se aproximou, baixando do céu montada sobre uma nuvem de cinco cores, e se curvou à sua frente.

— Como alguém tão precioso desce até este lugar tão medíocre? Seria para apontar algum erro de nós, mundanos? — perguntou o rei, espantado.

— Com toda humildade, sou Hong Gildong, seu antigo ministro da Guerra.

O rei se sobressaltou e pegou na mão dele:

— Onde esteve por todo esse tempo?

— Estava nas montanhas, mas agora irei deixar Joseon. Como não tornarei a vê-lo, vim lhe dirigir a minha despedida. Ficarei sumamente grato se puder conceder sua ampla graça com três mil sacas duplas de arroz, pois essa benesse salvará milhares de vidas. Rogo-lhe encarecidamente.

— Levante a cabeça. Quero vê-lo.

Ele levantou o rosto, mas disse, sem abrir os olhos:

— Não abrirei meus olhos, pois temo que o senhor se assuste.[16]

Gildong permaneceu um pouco mais junto do rei e se despediu, afastando-se sobre nuvens:

— Com a bênção do senhor meu rei, saio daqui com a promessa das três mil sacas duplas de arroz, e sua nobreza se eleva a cada dia. Peço que as sacas sejam transportadas amanhã para o rio d'Oeste.[17]

E se foi. O rei ficou a mirar o céu, lamentando a perda de alguém tão dotado, e, na manhã seguinte, ordenou ao chefe do armazém oficial:

— Prepare três mil sacas duplas de arroz e as leve até o rio d'Oeste.

Os súditos não entenderam o motivo de tal ordem. E, quando levaram as sacas de arroz até o rio d'Oeste, dois barcos se aproximaram para carregá-las. Gildong prestou quatro reverências em direção ao palácio real em sinal de gratidão e despedida, mas ninguém soube dizer para onde ele foi.

---

16. Nos três anos em que Gildong esteve sumido, ele teria se tornado uma divindade taoísta.
17. Um dos cinco afluentes que formam o rio Han, que atravessa a capital coreana Seul de leste a oeste.

8

Muda sua base para a ilha Je e elimina os *euldong*

No dia em que fora nomeado ministro, Gildong partira em direção ao mar aberto, no comando do exército de três mil bandidos. Chegando a uma ilha chamada Seong[18], dirigiu-se ao centro dela, onde construiu um armazém e um palácio, alicerçando suas bases: colocou o seu exército para se dedicar à plantação, saiu e voltou para trocar mercadorias. Ao mesmo tempo, enalteceu as artes marciais, ensinando a arte de guerrear a seus homens, de modo que, em apenas três anos, armas e provisões se

---

18. Nesta primeira referência, a ilha leva o nome de Seong. Contudo, em todas as demais ocorrências a ilha passa a ser nomeada Je.

empilhavam como montanhas, e o exército era tão forte que não poderia encontrar adversários.

Um dia, disse a seus homens:

— Irei até o monte Mangdang para buscar plantas medicinais, que serão utilizadas para untar a ponta das flechas.

Quando chegou a uma vila chamada Nakcheon, ouviu falar de um milionário de nome Baek Yong. Não tinha filho homem, apenas uma única filha, que tivera ainda bem moço, uma moça que reunia em si toda a formosura e toda a virtude. Sua beleza era capaz de fazer os peixes se esconderem na água de pudor e os gansos selvagens caírem ao chão, ofuscando a lua e fazendo corar as flores. Conhecia bem todos os Clássicos e sabia compor versos ao estilo de Li Bai e Du Fu.[19] Sua beleza desdenhava Jang Gang[20], e suas quatro virtudes chegavam perto das de Taesa.[21] Cada palavra que dizia e cada gesto que esboçava

---

19. Li Bai (701-762 d.C.) e Du Fu (712-770 d.C.), considerados os dois poetas chineses clássicos mais importantes.
20. Esposa do duque Zhuang, do reino chinês Wei (?-209 a.C.), do período Primavera e Outono (722-481 a.C.), que ficou conhecida por sua beleza. Romanização do nome chinês já coreanizado.
21. Na tradição confucionista, as quatro virtudes femininas são o linguajar, a virtude moral, as prendas e os modos. Taesa foi esposa do rei Wen (1112-1050 a.C.) e mãe do rei Wu (?-1043 a.C.), os fundadores da dinastia Zhou (1050-771 a.C.), uma rainha famosa por sua correção e virtude morais. Romanização conforme o nome chinês já coreanizado.

eram plenos de virtude e boas maneiras, de modo que seus pais a amavam ao extremo, enquanto estavam em busca de um genro à altura. Porém, um dia, quando ela tinha dezoito anos, uma grande tempestade se abateu sobre a vila com raios e trovões avassaladores, e nada podia se distinguir no horizonte. Foi quando a filha de Baek desapareceu sem deixar rastros. O casal, aterrorizado, empregou uma fortuna para encontrá-la, sem sucesso. Baek Yong perambulava pelas ruas afixando cartazes feito um desvairado: "Não importa quem seja, mas aquele que me disser onde se encontra minha filha fá-lo-ei meu genro e lhe darei a metade dos meus bens."

Enquanto isso, Gildong, que se encontrava perdido no meio do monte Mangdang procurando ervas, viu o dia escurecer de repente, sem saber para onde ir. Foi quando algo lhe chamou a atenção: avistou uma luz, com muitas pessoas fazendo barulho em volta. Aliviado, foi até lá e viu centenas de pessoas pulando e se divertindo, mas, ao observar bem, viu que não eram humanos, e sim animais, embora tivessem a aparência de humanos. Desconfiado, escondeu-se e ficou a observar seus movimentos, até que entendeu que se tratava de criaturas conhecidas pelo nome de *euldong*. Então, empunhou discretamente a flecha e atirou no chefe do bando, que estava sentado acima de todos, acertando-o bem no peito. O *euldong* deu um sobressalto, gritou e correu. Gildong pensou em ir atrás, mas a noite já era alta, e ele resolveu passar a madrugada escorado num pinheiro. Ao amanhecer, viu que o bicho tinha deixado um rastro de sangue, de modo que pôde seguir seus passos até chegar a um casarão, bem ostentoso.

Quando bateu na porta, um soldado apareceu:

— Quem é você e o que faz para ter vindo até aqui?

— Sou do reino de Joseon. Vim buscar ervas medicinais nesta montanha, quando me perdi e acabei parando aqui.

Diante da resposta, o animal perguntou, visivelmente em tom de acolhida:

— Você entende de medicina? Nosso grandioso rei foi buscar uma linda mulher e estava festejando ontem à noite, quando de repente foi atingido por uma flecha que o acertou no peito. E agora está à beira da morte. É nossa sorte tê-lo encontrado hoje. Se conhece um pouco de medicina, por favor, faça nosso querido rei se recuperar.

— Bem, não tenho os dotes de um Pyeonjak[22], mas uma doença que não seja muito rara certamente posso curar.

O soldado ficou muito feliz e dirigiu-se para dentro do casarão. Voltou em seguida, convidando-o a entrar e se sentar em frente ao chefe das bestas. Este balbuciou aos gemidos:

— Minha vida estava por um fio, mas encontramos o senhor com a ajuda do céu e dos bons espíritos. Por favor,

---

22. Um médico chinês muito famoso do período dos Estados Combatentes (475-221 a.C.). Romanização do nome chinês já coreanizado.

nos ensine qual é o remédio sagrado e salve a minha vida que ainda resta.

Gildong observou sua ferida e disse:

— Esta não é uma ferida difícil. Tenho um remédio bom para isso. Basta tomar uma única vez que lhe fará bem, não só para este ferimento. Todas as doenças desaparecerão completamente e o senhor jamais morrerá.

O *euldong* ficou muito feliz e disse:

— Eu me descuidei do corpo e fiquei doente. Por isso achava que minha vida já estava chegando ao fim e que era hora de voltar para o outro mundo. Mas o céu nos ajudou e encontramos um médico divino que é o senhor. Por favor, deixe-me provar logo o seu remédio sagrado.

Gildong abriu a bolsinha de seda que trazia dentro da roupa e tirou um pacotinho de remédio. Misturou-o a uma bebida e deu ao animal, que bebeu obediente. Dali a pouco, o *euldong* começou a se debater, urrando colericamente:

— Não há nada que faça de mim seu inimigo! Por que quer me fazer mal e me matar?

Em seguida, chamou seus irmãos e disse:

— Eis que nos deparamos, completamente desprevenidos, com um vilão nefasto. E, agora, minha respiração está prestes a se romper. Não deixem escapar esse biltre e vinguem a minha morte.

E morreu em seguida. Imediatamente, todos se precipitaram para cima de Gildong com espadas desembainhadas, recriminando-o:

— O que é que nosso irmão fez para você matá-lo? Enfrente agora minha espada!

Gildong respondeu, em tom de zombaria:

— Apenas era a hora dele. Como é que eu poderia tê-lo matado?

As criaturas ficaram enraivecidas e avançaram contra Gildong com suas espadas. Ainda que quisesse enfrentar os bichos em fúria, não portava nem sequer uma faca de frutas naquele momento. Em apuros, teve de saltar para o alto. Mas os *euldong* também eram espíritos malignos, envelhecidos por milhares de anos, e dominavam a magia de comandar os ventos e as chuvas, além de possuírem infinitas outras artimanhas. Assim, impulsionados pelo vento, inúmeros espíritos malignos também saltaram para o alto a persegui-lo, e Gildong não teve outra solução senão evocar as divindades da transformação. Em resposta, inúmeras divindades desceram pelo ar, subjugando, cada uma delas, uma daquelas criaturas, fazendo-as por fim se ajoelharem perante Gildong, que, tomando a espada daquele primeiro que o ameaçou, cortou a cabeça de todos e adentrou o palácio, a fim de matar as três mulheres cativas que ali estavam. Mas elas suplicaram aos prantos:

— Nós não somos espíritos malignos. Fomos capturadas por eles e estávamos até cogitando o suicídio. Só não o fizemos porque não tivemos chance.

Gildong perguntou então o nome delas: uma era justamente a filha de Baek Yong, da vila de Nakcheon, e as outras duas eram filhas dos senhores Jeong e Tong, respectivamente. Baek Yong ficou tão contente e satisfeito por ele ter resgatado as três moças que gastou uma fortuna para dar um banquete para todos da vila. E, com todos reunidos, anunciou o noivado de sua filha com o herói, sob os elogios efusivos de todos os convivas, que agitaram o céu da vila. Jeong e Tong, que também reencontraram suas filhas, não perderam a oportunidade:

— Não temos como retribuir sua benesse. Ofereceremos as nossas filhas para serem suas concubinas.

Gildong, que desconhecia as alegrias de uma vida de casado até os seus vinte anos, se viu de repente cercado por três esposas. O carinho e o amor entre eles eram tão afetuosos que não se comparavam a nada no mundo. Até Baek Yong e sua mulher trataram as concubinas e o genro com muito afeto, e ele acabou voltando à ilha Je levando as três esposas, além de Baek Yong e a sogra. Todo o seu exército veio recepcioná-los calorosamente, de modo a confortá-los do longo caminho percorrido, escoltando-os até o palácio, onde foi oferecido um grande banquete, para o deleite de todos da ilha.

9

Morre o pai

O tempo fluiu, e já contavam três anos que Gildong migrara para a ilha Je. Um dia, quando vagueava numa noite enluarada, pois amava a luz da lua, pôs-se a observar os astros e deduziu que seu pai iria falecer. Começou a chorar aos soluços.

— Nunca o vi se entristecer nesta vida, o que houve para fazê-lo chorar desse jeito? — perguntou-lhe o sogro.

— Sou o maior ingrato no céu-terra perante meus pais. Não sou daqui de origem, e sim filho de uma concubina com o ministro-mor Hong, do reino de Joseon. A rejeição era insuportável em casa, pois não me era possível sequer participar dos afazeres da corte, mesmo tendo nascido o homem dos homens. Não suportei tal sufoco no coração e acabei me despedindo de meus pais, vindo me esconder aqui, mas sempre me importei e me preocupei com o bem-estar deles. Mas hoje, ao observar as estrelas, vi que é chegada a hora de meu pai e que ele logo irá partir deste mundo. Encontro-me a milhares de *lis* e não poderei chegar lá a tempo para tornar a vê-lo. É muito triste — suspirou.

O senhor Baek ouviu suas palavras e exclamou consigo mesmo, por dentro: "Este é o legítimo varão, que não esconde sua verdadeira origem bastarda!" E se demorou a consolar o genro.

Dias mais tarde, Gildong chamou seus homens e rumou para o monte Ilbong, de onde observou minuciosamente o relevo da montanha até conseguir escolher um bom ponto. Escolheu também um dia propício[23] para dar início às obras, criando uma composição de vales à esquerda e à direita, além de um túmulo apropriado e digno de uma realeza. Ao descer da montanha, chamou todos os seus homens.

— Preparem um grande navio para o dia tal do mês tal e rumem até o rio d'Oeste de Joseon — ordenou, completando: — Irei buscar meus pais. Por isso, façam os preparativos para recebê-los.

---

23. Ver Glossário.

Eles se puseram a trabalhar diligentemente, e Gildong se despediu de Baek, Jeong e Tong, mandando trazer às pressas um pequeno barco, que zarpou em direção a Joseon.

Enquanto isso, o ministro-mor Hong, já com quase noventa anos, adoeceu de repente e viu seu quadro se agravar ainda mais no dia da lua cheia do nono mês.[24] Chamou sua esposa e o primogênito Gilhyeon ao leito:

— Já estou com noventa anos, então que desgosto teria eu se morresse hoje mesmo? Mas Gildong, ainda que seja filho de concubina, é também minha prole. Estamos sem saber se está vivo ou morto, e ele nem poderá estar ao meu lado para se despedir quando eu morrer. Ainda que seja tarde, deem um bom tratamento à mãe dele depois que eu me for e, quem sabe, se acaso Gildong voltar arrependido de seus erros passados, não pensem nele como filho de concubina e tratem-no como irmão legítimo de sangue. Não deixem de honrar meu testamento.

Também mandou chamar a antiga concubina:

— Sente-se aqui perto.

Pegou nas mãos dela e disse, chorando:

---

24. Um calendário lunar tem suas datas definidas de acordo com os meses lunares, e estes pelas fases da lua. Sendo mais antigo que o calendário solar, foi usado pelas civilizações asiáticas por se adaptar melhor aos ciclos agrícolas.

— Nunca a esqueci, pois desde que Gildong saiu não tivemos mais notícias dele, continuamos sem saber se está vivo ou morto, e meu coração se aperta de tanta saudade. Imagino como você tem se sentido todo esse tempo. Ele não é um menino qualquer e, se estiver vivo, jamais iria abandoná-la. Peço encarecidamente que não faça pouco de seu próprio corpo e cuide muito bem de sua saúde. Sei que não poderei fechar meus olhos mesmo depois de entrar no outro mundo.

Faleceu em seguida. Sua esposa desmaiou e todas as pessoas à volta começaram a chorar aos prantos, de fazer tremer a casa inteira. Sem conter a tristeza, lágrimas corriam como chuva pelo rosto de Gilhyeon, enquanto amparava sua mãe em consolo, buscando acalmá-la. Em seguida, cumpriu todos os procedimentos funerários com a devida cerimônia e toda a deferência possível. A mãe de Gildong era a mais abatida, e seu semblante causava pena e contrição. Após honrar toda a série dos cerimoniais fúnebres, conforme o protocolo, foram buscar um bom ponto para o enterro[25] numa montanha bem localizada. Vários homens acompanhados de mestres de *feng shui*

---

25. Acreditava-se que um bom ponto de enterro localizado conforme os preceitos de *feng shui* (que significa literalmente "caminhos do vento e das águas") traria bom descanso ao falecido, assim como boa fortuna às gerações ulteriores.

foram enviados para diferentes lugares, mas sem que pudessem encontrar um local apropriado.

Foi quando Gildong desembarcou no rio d'Oeste e se encaminhou até a casa do ministro-mor. Ao chegar à sua antiga morada, dirigiu-se diretamente ao altar montado com a placa mortuária[26] de seu pai, onde se prostrou e pranteou aos soluços. O mestre funerário[27] aproximou-se, e reconhecendo o irmão, soluçaram os dois abraçados. Então, levou-o para dentro e o anunciou à esposa do falecido. Muito abalada, mas também contente, ela o segurou pelas mãos e disse, às lágrimas:

— Partiu ainda menino e volta somente agora! Pensando no passado, sinto-me envergonhada. Mas e você? Faz uns três ou quatro anos que desapareceu por completo! Por ande andou? O nosso ministro-mor falou de você no momento da morte e faleceu sem poder esquecê-lo. Era a grande amargura dele!

Foram chamar então sua verdadeira mãe. Esta, já sabendo da notícia da volta do filho, entrou esbaforida e se postou diante do filho, sem poder conter as lágrimas que corriam copiosamente. Gildong consolou sua mãe, assim como a esposa de seu pai, e se dirigiu ao irmão mais velho:

---

26. Tabuleta de madeira onde estaria encerrado o espírito do ancestral falecido.
27. Tradicionalmente, o anfitrião de todos os cerimoniais fúnebres deve ser o primogênito, salvo motivos de força maior.

— Durante esse tempo, estive retirado no meio da montanha, onde aprendi os caminhos do vento e das águas. Tem um lugar que reservei para o túmulo do nosso ministro-mor, onde podemos fazê-lo descansar em paz e com conforto. Por acaso, já escolheram um lugar?

Ao ouvir isso, Gilhyeon ficou ainda mais feliz, pois que ainda não tinham conseguido definir um bom lugar. A família reunida varou a noite descarregando todos os sentimentos guardados por anos, conversando até o dia raiar.

No dia seguinte, Gildong levou seu irmão até uma montanha:

— Este é o lugar que escolhi para enterrar nosso pai.

Gilhyeon olhou ao redor, mas se sentiu oprimido pelas camadas e mais camadas de montanhas rochosas, bravas e inóspitas que circundavam, e pelos inúmeros túmulos muito antigos enfileirados um atrás do outro.

— Não tenho como medir sua avaliação de especialista, mas não desejo acomodar nosso pai neste ponto. Peço que faça uma nova consulta e busque um outro lugar — disse, contrariado.

Gildong, fingindo se lamentar, respondeu:

— Apesar de não parecer boa, esta terra guarda energia capaz de gerar generais e ministros por várias gerações. Mas que pena que não seja do seu gosto.

Então, levantou o machado ao alto e quebrou algumas pedras. Instantaneamente, foi gerada uma energia luminosa de cinco cores, e um par de grous azuis saiu voando. Diante do que viu, Gilhyeon se lamentou em arrependimento e pegou nas mãos do irmão a suplicar:

— Perdemos um lugar inigualável para acomodar o nosso pai, por pura ignorância minha. Como posso me perdoar? Será que não teria um outro lugar tão bom como esse?

— Tem sim outro lugar fora este, mas está a milhares de *lis* daqui, o que me deixa preocupado — respondeu.

— Não importa se são milhares, ou dezenas de milhares de *lis*. Se houver algum lugar onde os ossos de nossos pais possam descansar em conforto, não medirei o perto ou o longe.

Voltaram para casa e contaram o ocorrido à senhora esposa do falecido, que ficou lamentando-se repetidas vezes pelo ponto perdido. Por isso, escolheram um dia propício para levar a placa funerária do pai falecido à ilha. Antes de partir, Gildong perguntou à senhora:

— Desde que voltei, não pude compartilhar todo o afeto devido entre um filho e sua mãe, tampouco tenho conseguido prestar as oferendas diárias[28] ao espírito do

---

28. Na tradição confucionista, os filhos deveriam oferecer uma mesa posta de comida para o espírito do falecido pai, defronte à tabuleta funerária, duas vezes ao dia, pela manhã e à noite, durante o luto de três anos. Após

pai. Por isso, gostaria de pedir para que minha mãe me acompanhe nesta viagem.

A senhora consentiu.

Partiram pela manhã e, quando chegaram ao rio d'Oeste, vários soldados os aguardavam com um grande navio a postos. Depois de carregarem o féretro no navio e dispensar de volta todos os criados da casa, partiram em direção ao grande mar aberto Gildong com seu irmão e sua mãe, que não faziam ideia para onde rumavam.

Após chegar à ilha vários dias mais tarde, acomodaram o féretro num tablado e escolheram um dia propício para subirem ao monte Ilbong e realizar o enterro. Tanto zelo e capricho fizeram com que a sepultura ficasse à altura de um autêntico túmulo real. Ao ver seu irmão surpreendido pelo excesso, explicou:

— Querido irmão, não fique tão desconfiado. Aqui não há ninguém de Joseon indo e voltando, e não será considerado pecado um filho dar um enterro generoso ao pai.

Terminados os trabalhos, voltaram ao centro da ilha, onde permaneceram meses em perfeita harmonia e afeto, até que o irmão desejou voltar à sua terra. No dia da partida, Gildong declarou:

---

esse período, a oferta deveria ser levada pelo menos três vezes ao ano (no Ano-Novo Lunar, na Festa da Colheita e no aniversário de falecimento) ao túmulo e, após cinco gerações, pelo menos uma vez ao ano.

— É deveras incerto que voltemos a nos ver. Minha mãe já está aqui e não mais conseguirá partir em consideração ao afeto que sente por mim. Você que já serviu o nosso pai em vida não precisará mais sentir remorso por não tê-lo perto. Quanto às homenagens cerimoniais ficarei honrado em cumpri-las, a fim de redimir um mínimo que seja o pecado do desacato da devoção filial que cometi na vida.

Subiram novamente ao túmulo do pai para a última despedida de Gilhyeon, que também se despediu da mãe de Gildong, do senhor Baek e dos demais. Apesar de se prometerem mutuamente o reencontro, todos estavam consternados. Já com o pequeno barco pronto para zarpar rumo ao reino de Joseon, Gilhyeon pegou nas mãos do irmão:

— É muito triste! Nosso afastamento será longo, irmão! Tenha consideração por mim e faça com que eu possa rever o túmulo do nosso pai ainda em vida!

Todos choravam muito, molhando as mangas das camisas. Gildong também chorava:

— Meu irmão, volte ao seu reino e tenha uma vida longa e com saúde ao lado de sua esposa. É-me difícil fixar um compromisso para trazê-lo novamente aqui, pois estaremos apartados por vários milhares de *lis*, de sul a norte. Veremos esfriar por completo a coberta que dividíamos quando crianças em frente à mãe[29], e as asas da alvéola[30] se encherão de cansaço. Restará apenas o lamento desesperançado de assistir aos gansos selvagens migrarem para o norte e de fitar as águas que fluem para o leste e, assim, ficaremos apartados um do outro enquanto vivermos e, depois de mortos, a despedida sobrevirá para a eternidade. Esse sentimento não seria diferente nem para você nem para nós. Por mais firme que seja a nossa determinação, haveria algum modo de vencermos tudo isso?

Dois filetes de lágrimas escorriam em consonância às palavras, e eram palavras cheias de dor e nada mais. Até os rios e as nuvens pareciam cessar de fluir por instantes em consideração a eles, enquanto seus pés não conseguiam arredar os passos. Cheios de remorso e relutância, consolaram-se um ao outro e puseram o barco a singrar, levando Gilhyeon de volta para sua casa ao cabo de vários meses. Reencontrando sua esposa, contou a ela detalhes do túmulo do pai e de outros acontecimentos, tim-tim por tim-tim, e ela também ficou cheia de consternação.

---

29. No texto original, é feita menção a uma figura lendária (Kang Goeng, nome coreanizado) da dinastia Han Posterior (25-220 d.C.) chinesa, que tinha dois irmãos com quem compartilhava fortes laços fraternais em harmonia, trazendo muitas alegrias à sua mãe.
30. Espécie de pássaro ao qual se atribui um forte amor fraternal, que ajuda os irmãos a superar juntos as adversidades.

10

Conquista Yuldo[31]

Após despedir-se do irmão, Gildong mobilizou seu exército para que se dedicasse à agricultura, pois cumpriria o luto de três anos sem se descuidar das leis militares. Ao término do luto, o alimento era farto e os milhares de soldados estavam bem treinados em artes marciais, marcha e cavalaria, imbatíveis e sem rivais.

Um dia, julgou que era chegada a hora de constituir um verdadeiro reino seu, quando soube que havia um reino num lugar não distante, chamado Yuldo. Não sendo

---

31. Uma das teses mais postuladas é que o reino de Yuldo seria formado pelas ilhas Ryukyu, um reino independente desde o século xv, anexado ao Japão imperialista em 1872 e hoje conhecido como Okinawa.

tributário da China, era governado por uma realeza de elevada honra e virtude havia dezenas de gerações, e a paz e a abastança do povo reinavam. Gildong mandou chamar seus homens para debater:

— Não pecaríamos por pouca bravura se deixássemos passar os anos apenas guardando esta ilha? Creio que tenha chegado a hora de conquistarmos o reino de Yuldo, e quero a opinião de vocês.

Todos ficaram felizes e não havia ninguém que se opusesse. Logo, escolheram uma data propícia para mobilizar o exército, encabeçado pelos Três Valentes, com Kim Insu comandando a retaguarda. Gildong, por sua vez, reclamou para si a posição de generalíssimo a reger o exército principal: eram cinco mil homens a cavalo e vinte mil homens marchando em terra. Gongos soavam e tambores rufavam juntamente com os urros dos soldados, sacudindo os montes e as águas, ao mesmo tempo que flâmulas, lanças e espadas se elevavam, cobrindo o sol e a lua. Apertando os passos, rumaram em direção a Yuldo com tal brio que teria sido de uma imprudência desmedida tentar enfrentá-los, de modo que os primeiros adversários abriram os portões do castelo e se renderam sem oferecer resistência. Por vários meses subjugaram mais de setenta fortes, e sua respeitabilidade alcançava até os mais longínquos confins daquele reino. Ao final, estando a apenas cinquenta *lis* do castelo real, o exército de Gildong armou uma base e enviou uma carta ao rei de Yuldo:

> Aqui vos dirige Hong Gildong, comandante do Exército dos Justos, posto ao pé de seu nobre altar, para lhe advertir que um reino não pode ser salvaguardado por tanto tempo nas mãos de um único governante. Foi assim que Cheng Tang, rei fundador da dinastia Shang, subjugou o rei Jie da dinastia Xia; e Wu, rei fundador da dinastia Zhou, dominou o rei Zhou da dinastia Shang[32], tudo com o intuito de pacificar os tempos turbulentos em benefício do povo. Chego aqui tendo subjugado mais de setenta castelos de seu reino com duzentos mil soldados justiceiros sob o meu comando. Se Sua Alteza julga ser capaz de lidar com essa grande corrente de mudança, que se apresente para provar sua superioridade. Porém, caso compreenda que sua força é insuficiente, que se renda sem demora acatando o mando do céu.

E acrescentou, em consolo: "Se Sua Alteza de pronto se sujeitar em prol de seu povo, lhe concederei um título para governar uma das regiões, sem deixar ruir os pilares de seu reino."

---

32. Dinastia Xia (séculos XXI-XVI a.C.), primeira dinastia descrita pela historiografia tradicional chinesa; dinastia Shang (1600-1046 a.C.), segunda dinastia chinesa; dinastia Zhou (1046-256 a.C.), a terceira e mais longa dinastia chinesa. Ver Glossário para mais informações.

O rei de Yuldo, por sua vez, viu assomar inesperadamente um bandido sem nome que havia tomado mais de setenta fortes de seu reino. Aonde quer que dirigisse seu olhar, ninguém parecia conseguir enfrentá-lo, até que chegassem às portas do castelo real. Mesmo o mais sábio dos súditos não ousaria sugerir qualquer contramedida e, ainda por cima, recebera uma carta dessas, com todos os súditos da corte atordoados e o castelo abalado.

— Não temos como enfrentar o exército desse bandido. Não devemos lutar, mas sim tentar guardar o castelo real com todas as forças, enquanto despachamos cavaleiros para interceptar os caminhos de abastecimento de seus mantimentos. Assim, chegará um ponto em que não serão capazes de lutar direito nem recuar, e em poucos meses poderemos pendurar a cabeça de seu general no portão do nosso castelo.

Enquanto discutiam as medidas, o chefe da guarda real entrou arquejante:

— O inimigo já montou sua base a dez *lis* do nosso castelo.

O rei de Yuldo, furioso, selecionou cem mil guerreiros e se colocou como comandante-mor, apressando a todos para uma formação de guerra a defender o fosso ao redor do forte.

Nesse momento, Gildong, depois de observar atentamente o relevo da região, discutiu com vários de seus líderes e arquitetou uma estratégia:

— Amanhã, na quinta hora[33], teremos capturado o rei de Yuldo. Portanto, não desacatem as leis militares.

Em seguida, chamou diversos homens, despachando-os para diferentes direções. Também chamou os Três Valentes:

— Cada um de vocês deve destacar cinco mil homens e ficar de tocaia ao sul do portal Yanggwan.[34] Quando eu der a ordem, façam assim, assim e assim...

Em seguida, ordenou a Kim Insu, o comandante da retaguarda:

— Destaque vinte mil homens para ficarem emboscados à direita do portal Yanggwan e, quando ouvir a ordem, faça assim, assim e assim...

Por fim, a Maengchun, o comandante do flanco esquerdo, instruiu:

— Você deve destacar cinco mil cavaleiros valentes para lutar contra o rei de Yuldo. Finja estar perdendo e bata em retirada, a fim de atrai-lo em direção ao portal Yanggwan. Quando eles vierem atrás, um pouco antes do portal, faça assim, assim e assim...

---

33. Antes do advento do relógio, o dia era dividido em doze horários, de duas horas cada. A quinta hora corresponde ao intervalo entre as onze e as treze horas.
34. Referência ao portal que ficava no extremo oeste no território do Império Han chinês (206 a.C.-220 d.C.), que era considerado uma passagem para o mundo "ocidental" naquela época.

Com essas orientações, entregou ao homem sua flâmula de comandante, uma lança de brilho prateado e um machado de brilho dourado. No dia seguinte, Maengchun abriu caminho entre os soldados, levantou a flâmula recebida ao alto e bradou:

— Ó, rei de Yuldo, indigno! Ousa se opor ao mandato do céu! Se acaso tiver perícia para atrever-se a me desafiar, venha agora para provar sua supremacia!

Então investiu agressivamente contra o portão do inimigo, exibindo sua força e destreza. O comandante inimigo Hanseok respondeu à provocação e precipitou-se aos gritos:

— Que bandidos são vocês, que ignoram a soberania de um rei e vêm tumultuar tempos de paz? Havemos de capturá-los ainda hoje para arrefecer os ânimos do povo!

Os dois comandantes se colidiram e lutaram, mas bastou alguns golpes para que a espada de Maengchun brilhasse contra o céu cortando a cabeça de Hanseok. Então, Maengchun levantou a cabeça de Hanseok, balançando para todos verem:

— Rei de Yuldo! Não sacrifique mais seus comandantes e soldados! Saia logo e se renda, para salvar a vida que ainda lhe resta!

O rei, ao ver seu comandante ser tão facilmente derrotado, não pôde conter sua fúria e vestiu sua capa verde e sua armadura forjada com motivo de nuvens. Colocou o capacete de bronze, empunhou uma alabarda na mão esquerda e apressou seu cavalo-alado, avançando aos berros:

— Ó, guerreiro inimigo! Deixe de falatório e enfrente a minha lança!

E logo escolheu Maengchun para lutar. Depois de uns dez lances, Maengchun, fingindo-se vencido, virou a cabeça do cavalo e bateu em retirada em direção ao portal Yanggwan. O rei de Yuldo vociferou:

— Ó, guerreiro inimigo! Não fuja da batalha e se renda!

O rei fustigou seu cavalo e perseguiu Maengchun em direção a Yanggwan, mas o fugitivo de repente largou a arma e correu para dentro de um vale ali perto, sumindo por entre os barrancos. O rei desconfiou de alguma armadilha, mas logo pensou:

— Que venha com um embuste traiçoeiro, como hei de temer?

E ordenou aos soldados que fossem alcançá-lo.

Nesse ínterim, Gildong, de seu posto de comando, avistava o rei de Yuldo se aproximar de Yanggwan. Conclamou os cinco mil excelsos guerreiros a se juntarem à ala central, formando flancos em oito direções na entrada de Yanggwan, de modo a bloquear o caminho de volta do rei de Yuldo. Quando este adentrou o barranco atrás do fugitivo, canhões soaram de súbito e de todas as direções saltaram soldados que estavam camuflados na montanha, parecendo o rompante de uma grande tempestade. Somente então o rei entendeu que caíra numa cilada e que não poderia enfrentá-los, mas, ao dar meia-volta para bater em retirada, viu a grande tropa inimiga na entrada de Yanggwan, encampada sobre a estrada com gritos de "Renda-se!" que faziam vibrar o céu-terra. O rei de Yuldo reuniu todas as forças, investindo contra a formação inimiga, quando, subitamente, sobreveio uma colossal tormenta com raios e trovões a assolar o céu-terra, sem que fosse possível enxergar um palmo à frente. Seus soldados, aterrorizados, não sabiam para onde ir. Gildong ordenou a seus excelsos guerreiros que enlaçassem rapidamente os comandantes e soldados do rei de Yuldo. Este, sem saber o que fazer e apavorado, tentou escapar atabalhoadamente. Mas como haveria ele de se livrar de oito flancos? Fiando-se apenas em um cavalo e uma lança, ficou a correr em círculos, sem conseguir discernir as direções, sob a chuva de clamores convocando seus comandantes a laçá-lo. Num dado momento, o rei de Yuldo olhou à volta e viu que não havia mais um único soldado que o seguisse e, sabendo que não conseguiria escapar sozinho, tirou a própria vida, vencido pela cólera.

 Gildong voltou então à sua base acompanhado de seu vitorioso exército, ao som de gloriosos tambores, e ofereceu um grande banquete para reconfortar os guerreiros. Prestou em seguida um digno enterro ao rei de

Yuldo, com todo o cerimonial que cabe a um soberano, e convocou novamente seus homens, a fim de cercar o castelo real. Assim, diante de notícias tão nefastas, o primogênito do rei de Yuldo olhou para o céu em lamento e também se matou, ao que todos os súditos, sem alternativa, sujeitaram-se, entregando o selo real.[35] Gildong entrou para o castelo acompanhado de seu garboso exército, levando palavras de consolo e apaziguamento à população. Também dedicou as devidas honras reais para sepultar o primogênito do rei de Yuldo. Em seguida, promulgou uma lei de anistia geral a todas as vilas do reino, para que libertassem os presos, e abriu os armazéns oficiais para alimentar o povo esfaimado, não havendo, assim, quem não louvasse a sua generosidade.

O novo rei escolheu uma data propícia para tomar posse, aclamando seu pai como o fundador póstumo do reino, sob o título de Grande Rei Fundador, e nomeando seu túmulo de Tumba da Sabedoria e da Virtude. Também elevou sua mãe com o título de Rainha-Mãe. Sua esposa e os senhores Baek Yong, Jeong e Tong igualmente foram agraciados com os devidos títulos que cabem aos familiares

---

35. Nos reinos asiáticos antigos, o selo real (carimbo) era o símbolo da autoridade do monarca, de um tamanho maior do que o selo real usado na prática, sendo feito de jade (no caso de imperador) e de ouro (no caso de rei).

do rei; os Três Valentes foram nomeados comandantes definitivos da cavalaria do exército; Kim Insu foi contemplado com a chefia do exército da fronteira, para guardar o perímetro do reino; Maengchun era agora o general de guerra, e os demais comandantes também foram recompensados, de modo que não restou um único ressentido. Com a posse, vieram os tempos de paz, de safras fartas e de povo em tranquilidade, com benesses do rei alcançando todos os cantos do reino. E mesmo se alguém deixasse cair algo na rua, ninguém pegava.

Após décadas em paz e harmonia, a mãe de Gildong faleceu, aos setenta e três anos. Profundamente entristecido, o rei lhe prestou um nobre enterro, com uma tal devoção filial que emocionou seus súditos e o povo. Ela foi acomodada junto de seu pai, na Tumba da Sabedoria e da Virtude. O rei tivera três filhos e duas filhas, dos quais fora o primogênito Hang quem herdara o porte e a postura do pai, e a quem todos elevavam como o ápice de um monte alto. O rei o nomeou príncipe-regente, ao mesmo tempo que decretou uma nova anistia geral por todo o reino, oferecendo também um glorioso banquete e desfrutando orgulhosamente dos feitos de uma vida inteira, e isso já era aos setenta e dois anos. Depois de beber um tanto que o deixou embriagado, desembainhou a espada para dançar e cantou:

Empunho a espada e me apoio de leve na coluna à direita,
e pergunto-me a quantos *lis* está o mar ao sul!
O grande pássaro já parte[36]
Deixando um redemoinho como seu rastro.
As mangas que dançam balançam junto ao vento
E o leste é o nascente; oeste, o poente.
Fiz dissipar o mundo turbulento e alcancei a paz.
Assomam-se nuvens auspiciosas, brilham as estrelas auspiciosas.
Valentes guerreiros guardam as quatro direções!
E bandidos não haverão de espreitar os nossos perímetros.

Nesse mesmo dia, o rei abdicou do trono, deixando-o ao príncipe-regente, e mais uma vez agraciou o povo com uma ampla anistia pelas vilas.

A trinta *lis* do castelo real havia uma montanha chamada monte Wolyeong[37], onde, desde os primórdios,

---

36. Referência a um pássaro imaginário que aparece no livro do filósofo chinês Chuang Tzu (369-286 a.C.), considerado, ao lado do *Tao Te Ching*, um dos dois textos canônicos do taoísmo. Em um dos capítulos, é mencionado o pássaro Peng, resultado da metamorfose de um imenso peixe do mar ao norte que, ao abrir suas asas, parecia-se com uma nuvem. Ele voaria para o lago Celestial somente quando houvesse uma grande tempestade. Ao bater suas asas, faria respingar água do mar por três mil *lis*, então subiria noventa mil *lis* ao alto e só descansaria após voar por seis meses.
37. Literalmente, "Espírito da Lua".

era possível ver os rastros de divindades taoístas.[38] Havia resquícios de uma cozinha usada para o elixir alquímico da vida eterna, a rocha de onde a Mago[39] teria ascendido ao céu, e muitas plantas exóticas, sobre as quais nuvens tranquilas demoravam-se. Uma vez que o rei amava aquele local e desejava ali viver, deleitando-se da companhia do Pinheiro Vermelho[40], mandou construir um pagode de três cômodos, onde passou a morar com sua esposa. Naquela época, recusava todos os alimentos de grãos e bebia somente da energia pura do céu e da terra, assimilando o *tao* para se tornar ele mesmo uma divindade. Agora, o novo rei empossado que recebera o trono do pai dirigia-se para lá três vezes por mês, a fim de dedicar seus cumprimentos filiais.

Um dia, raios e trovões sacudiram o céu-terra, e nuvens de cinco cores cercaram o monte Wolyeong. Quando os trovões cessaram e o céu clareou ao canto de grous divinais, o paradeiro do antigo rei e sua esposa tornou-se uma incógnita. O rei seu filho subiu correndo a montanha, mas já não havia traços nem do pai nem da mãe e, tomado pela tristeza, pôs-se a prantear mirando os céus.

---

38. Ver Glossário.
39. Divindade feminina taoísta que, segundo uma lenda chinesa, possui unhas longas como as garras de um pássaro.
40. Célebre divindade taoísta da China Antiga.

Realizou um funeral simbólico para os dois, que haviam se tornado divindades, mas o povo já sabia:

— Nosso grande rei cultivou o *tao* até ascender ao céu em pleno dia!

O novo rei amou seu povo como ninguém, agraciando a todos com dádivas: a paz imperava por todo o reino, as colheitas eram opulentas e de todos os cantos ouviam-se os louvores de desfrute dos tempos de tranquilidade. O velho e sábio rei Gildong legou dias de bonança para gerações e gerações que se seguiram a viver em plena graça.

Enquanto isso, em Joseon, a esposa do ministro-mor Hong faleceu em idade já avançada, e o primogênito Gilhyeon lhe prestou as mais altas homenagens, acomodando-a junto dos antepassados da família e lhe dedicando os três anos de luto. Ao cabo do luto, foi nomeado com um cargo importante na corte, como secretário-real. Mas logo foi galgando postos cada vez mais altos, acumulando as funções de administrador militar e de conselheiro-real, até chegar ao posto de ministro-mor. Assim, com a bem-aventurança multiplicando-se por todos os cargos que exerceu, sua magnificência se elevava ao conhecimento de todos. No entanto, em seus pensamentos íntimos, jamais se esqueceu do túmulo de seus pais, e a saudade que sentia de seu irmão mais novo nunca abandonou seu coração, que se enchia de tristeza, pois os caminhos entre os dois estavam apartados entre o norte e o sul.

Que formosura tudo que Gildong alcançou! É verdadeiramente um grande varão que tornou real tudo aquilo que desejava! Ainda que tenha nascido de mãe humilde, fez dissipar a mágoa acumulada no peito e reuniu em si a dedicação filial e o amor fraternal, cumprindo, de cabeça erguida, o destino de um grande homem. Sendo este um feito esplêndido e raro de todos os tempos, leva-se aqui ao conhecimento da posteridade.

Anotações sobre a obra e o autor

Heo Gyun (1569-1618) foi um estudioso confucionista, político, poeta e romancista da dinastia Joseon (1392-1897), a última dinastia monárquica coreana. Ocupou cargos que hoje corresponderiam aos de ministros, e seus vinte anos de atribulada vida pública foram pontuados por nada menos que seis exonerações e três exílios, por motivos diversos, até ser condenado à mais cruel pena de morte, o desmembramento[41], aos quarenta e sete anos, acusado de alta traição.

---

41. Expressão branda para uma pena que consistia em retirar lascas da carne e pedaços dos ossos do condenado até a morte. A execução de Heo

O autor vinha de uma influente família regional que ocupava cargos administrativos altos, especialmente por sua erudição nas letras, tanto é que ele, seu pai, seus dois irmãos e sua irmã mais nova eram chamados de "os cinco Heo literatos". Inclusive, essa irmã, Heo Nanseolheon, é considerada hoje a maior referência feminina na poesia coreana do século XVI, escrevendo poemas em ideogramas chineses. Foi a primeira mulher na história coreana a ter um livro de poesias editado, precisamente pelas mãos de seu irmão Heo Gyun, na China, em 1603 (dinastia Ming), que ganhou uma edição póstuma no Japão, e que precisou ser reimportada em 1692, 103 anos após a sua morte, pois, com a condenação de Heo Gyun, até os livros da irmã haviam sido banidos e queimados.

Assim como o personagem Gildong, diz-se que Heo Gyun era dono de uma memória excepcional e que havia sido um menino-prodígio, compondo versos já aos oito anos de idade. Editou o livro de poesias da irmã reescrevendo-as de memória, já que os poemas haviam sido queimados por desejo da própria autora. Aos vinte e três anos, escreveu aquilo que seria conhecido como a primeira obra coreana de ensaios críticos. Sua inteligência,

---

Gyun fora particularmente severa, tendo sido retirados mais de três mil fragmentos de seu corpo, impedindo que seus restos mortais fossem reunidos.

sua criatividade e seus dotes literários eram reconhecidos, fazendo dele uma figura importante nas delegações à dinastia Ming chinesa, onde atuava como intérprete e se destacava como um elemento diplomático, graças a seus conhecimentos de poesia chinesa clássica. No entanto, enveredou-se por ideologias que não eram aceitas na época, como o budismo (num Estado que era declaradamente antibudista[42], o que lhe custou o cargo numa ocasião, sem, porém, que se retratasse) e o taoísmo. Há quem diga ainda que ele foi o primeiro católico coreano, por ter trazido uma oração católica a Joseon numa das visitas que fez a Ming, onde adquiriu, inclusive, livros de filósofos anticonfucionistas banidos, o que deixa clara a sua proativa curiosidade intelectual.

Também não se alinhava aos padrões estabelecidos para um homem público da época: não poupava críticas às castas de Joseon e à injustiça social cometida contra os *seoja* (filhos de concubinas com nobres) e pregava que pessoas competentes deveriam ser empregadas sem

---

42. A revolução que estabeleceu a dinastia Joseon em 1392 tinha como um dos princípios abandonar o budismo praticado na dinastia anterior, Goryeo (918-1392), considerado supersticioso e místico, substituindo-o por uma ideologia mais social e "secular", de fundamento neoconfucionista. Segundo essa filosofia, a classe governante deveria se imbuir de estudos acadêmico-filosóficos que a elevaria intelectual e moralmente, conferindo a seus membros legitimidade moral para governar e administrar o Estado.

distinção de origem, além de defender o fim das facções políticas.⁴³ É preciso lembrar que aos *seoja* era proibido prestar concursos públicos para os cargos administrativos do Estado, numa sociedade onde essa era a única ocupação possível para os nobres, que eram proibidos de exercer profissões liberais ou trabalhar no comércio. A ordem das castas sociais em Joseon era rígida, e os *seoja* eram, na prática, condenados a um exílio socioeconômico. Mas de onde viria a empatia de Heo Gyun por eles? Embora tecnicamente não fosse um *seoja*, pois era filho do segundo casamento de seu pai após a morte da primeira esposa, Heo Gyun sofreu, decerto, discriminação por parte de seus meio-irmãos mais velhos, especialmente após o falecimento do pai, quando o menino tinha apenas dez anos. Mas, mais do que isso, pesa o fato de ter sido pupilo de um estudioso confucionista que não pôde exercer vida pública por ser *seoja* e que sobrevivia de aulas particulares, apesar de seus versos terem lhe dado a fama de "Li Bai⁴⁴ de Joseon".

Em 1592, na Guerra Japão-Coreia⁴⁵, liderou milícias populares contra os invasores japoneses, chegando a ser

---

43. A corte de Joseon era uma monarquia parlamentarista formada por quatro "partidos" políticos.
44. Ver nota 19.
45. Sua primeira esposa morreu em meio à fuga no episódio da invasão japonesa (1592-1598), assim como o filho recém-nascido. Ele próprio

condecorado após o incidente, mas mantinha amizades com *seoja* filhos de ilustres nobres e se relacionava abertamente com *gisaeng*[46], além de se recusar a integrar delegações oficiais a Ming[47], comportamentos que lhe custaram o cargo várias vezes, sem falar em exílios resultantes de rixas políticas. Ele próprio se dizia "desajustado no mundo", e sua índole também foi questionada em numerosos episódios, sendo considerado leviano, desrespeitoso, apressado e violento. Tinha uma fixação pelas *gisaeng*, o que lhe custou o cargo logo em sua primeira nomeação importante, pois levara as suas preferidas consigo ao ser designado auditor regional aos trinta e um anos, tornando-se objeto de chacotas e rejeição por parte dos locais. Contudo, foi sua amizade com os *seoja* o que o levou à morte, especialmente os laços que nutria pelos chamados "sete *seoja* do bando

---

escapou da morte várias vezes.

46. Eram mulheres profissionais em entreter os homens da classe dominante em celebrações, sendo versadas nas artes de cantar, dançar, tocar instrumentos e fazer poesia. Ainda assim, integravam a classe social mais baixa da sociedade, a qual era hereditária, e eram consideradas propriedade do Estado. Inicialmente, não fazia parte de suas funções ter relações íntimas com os homens, mas isso acabou se tornando cada vez mais comum.

47. Por sua habilidade linguística, era chamado para integrar a delegação como intérprete. Seus conhecimentos em poesia clássica chinesa serviam de instrumento diplomático.

Muryun"⁴⁸ (ou "sete companheiros do beira-rio"), filhos de nobres de alta estirpe que, impossibilitados de exercer vida pública, passaram a viver nas montanhas em comunidade. O grupo era conhecido por ter entregado petições pela anistia social ao rei, que, ironicamente, também era um *seoja*. E, diante da recusa da corte, transformou-se numa quadrilha criminosa que passou a acumular dinheiro e armas, baseando-se nas montanhas de Mungyeong (justamente a região onde ficava a comunidade do bando Hwalbin na obra), de onde arquitetavam uma insurreição para levar o herdeiro legítimo — na época com sete anos — ao trono. Após serem descobertos, presos e torturados, muitos da corte foram executados num episódio conhecido como a Revolta dos Sete Seoja, em 1613. Heo Gyun, que tinha amigos e até parentes distantes nesse grupo, escapara da punição apenas porque, à época, acompanhava uma delegação a Ming, mas seu nome passa então a ser insistentemente ligado a esse grupo insurgente, do qual supostamente seria patrocinador. Seus inimigos políticos, aproveitando-se da situação, enviaram repetidas petições ao rei acusando Heo Gyun de alta traição. Finalmente, em

---

48. Há aqui um jogo de palavras intraduzível, tendo como referência a palavra *oryun*, isto é, as "cinco ligações fundamentais", que dão origem às leis morais confucionistas. *Muryun* significa então "sem ligações fundamentais", ou ainda, em outras palavras, "sem moral interpessoal", pois se diziam livres da moral confucionista das relações interpessoais, já que a sociedade não dispensara uma contrapartida moral a eles.

10 de agosto de 1618, o Portão Sul do castelo amanheceu com um cartaz anunciando a vinda de um general valente para punir o rei tirano, um claro gesto de provocação que acabou sendo atribuído ao sobrinho e braço direito de Heo Gyun. Apesar da petição deste negando sua participação no incidente, o rei e seus funcionários mais próximos já haviam lhe dado as costas, e Heo Gyun acabou então sendo executado sumariamente, sem sequer passar pelos procedimentos de julgamento em três instâncias previstos na lei penal de Joseon ou pela confissão, duas condições fundamentais para execução.

Devido às características bárbaras de sua execução, seus restos mortais não puderam ser recolhidos, e somente no início do século XX é que foi construído um túmulo simbólico próximo aos de seus antepassados. O regime de punição coletiva condenou também seus filhos à morte, bem como seu falecido pai, que foi exumado para ser esquartejado. Porém, um de seus filhos conseguiu fugir e sobreviveu, camuflado na árvore genealógica de outra família, até que, em 1995, seus descendentes puderam finalmente recuperar sua verdadeira linhagem.

Ao ser condenado por subversão, toda a sua obra foi banida pelo Estado, e sobreviveu somente por uma previdência pessoal do autor, que confiou seus manuscritos a um de seus netos, Yi Pil-jin, que os editou postumamente, em 1668. No entanto, sua honra jamais foi recuperada em

Joseon, e Heo Gyun começou a ser estudado somente no século xx, após o fim da Coreia monárquica.

A história de Hong Gildong versa sobre uma figura verídica, um *seoja* que se tornou um famoso bandido, atuante no início da dinastia Joseon. Foi escrita em 1612 durante um exílio do autor[49], e é conhecida como sendo a primeira narrativa ficcional escrita em *hangeul*, o alfabeto coreano. Por isso, a primeira narrativa ficcional escrita em *hangeul* pelas mãos de um nobre letrado, sobre uma figura que faz justiça com as próprias mãos contra a injustiça social das castas, vem carregada de significações múltiplas.

Sabe-se que o autor escreveu A *história de Hong Gildong* fortemente inspirado na obra *A margem da água*, romance histórico chinês do século xiv cujo enredo se desenrola durante a dinastia Sung (960-1279) e narra as atividades de um grupo de 108 foras da lei no monte Liang (ou pântano Liangshan, conforme algumas variações). No fim, os sobreviventes, após ataque do exército oficial, fogem num barco em direção às ilhas Ryukyu[50], onde fundam um novo reino. *A margem da água* é considerado um dos quatro grandes romances clássicos da literatura chinesa, escrito na modalidade vernacular em

---

49. Teria cometido uma fraude num concurso público em que serviu de examinador, favorecendo seus parentes.
50. Hoje, possessão japonesa Okinawa. Ver nota 31.

vez de chinês tradicional, e aqui está a primeira pista para reclamar a autoria de *A história de Hong Gildong* para Heo Gyun, uma vez que este teria lido *A margem da água* mais de cem vezes, segundo testemunho de um colega do ministério, escrevendo, então, a obra em *hangeul*, a exemplo do romance chinês.

Quando do primeiro reconhecimento de sua autoria, em 1910, pesou primeiramente uma única referência textual ligando a obra ao autor, escrita por Yi Sik (1584-1647), estudioso confucionista e ministro da corte contemporâneo de Heo Gyun: "Heo Gyun escreveu *A história de Hong Gildong*, a qual se equipara à obra *A margem da água*." Há, ainda, outros indicativos indiretos: em um de seus textos, intitulado "Yujae-ron" ("Teoria do caça-talentos"), Heo Gyun afirma que as pessoas nascem dotadas de talentos independentemente de sua classe social ou riqueza, pregando uma reforma no sistema de nomeações de cargos públicos, baseando-o na competência mais do que na origem do candidato; um outro texto, chamado "Homin-ron" ("Teoria do povo bravio"), divide o povo em três categorias: a) o povo que passa a vida sem consciência suficiente para lutar por seus direitos ou vantagens, acatando as leis e sendo dominado pelos que estão nas castas acima; b) uma classe igualmente explorada, mas ressentida, que vive a culpar os dominadores; e c) os ressentidos, mas que ao mesmo tempo guardam mágoas e planos em segredo, enquanto espreitam uma oportunidade até que eventualmente se insurgem, desafiando as injustiças sociais e mobilizando as duas primeiras categorias — justamente a figura de Hong Gildong! Nesse texto, Heo Gyun conclui que a única coisa que os governantes devem temer de fato é o povo, razão pela qual devem lhe oferecer uma política mais correta e justa. Obviamente, o texto foi considerado subversivo. Outros indícios também podem ser encontrados na própria narrativa: além da região de Mungyeong já citada e a simpatia de Heo Gyun pelos *seoja*, Chuseom era o nome da *gisaeng* com quem Heo Gyun viveu e que provavelmente deu origem ao nome Chunseom (ou Chun Sim), mãe de Hong Gildong no livro.

Os contrários à atribuição da autoria a Heo Gyun alegam que: a) a julgar por todos os seus outros textos e também por seus atos nada veneráveis, Heo Gyun não teria dotes suficientes para produzir tal obra; b) as demais obras do autor, inclusive contos ficcionais, foram escritas em ideogramas chineses; c) considerando que a literatura é também um fruto dos tempos, o estágio histórico tão inicial da dinastia Joseon não seria capaz de produzir ainda um romance de conteúdo revolucionário como este.

De todo modo e independentemente da autoria, é quase certo que a obra que conhecemos hoje não é em exatidão a versão original, especialmente a parte final. Tem-se conhecimento de mais de noventa edições diferentes da obra anteriores à era moderna, mas a academia reconhece somente parte delas, divididas em quatro grandes grupos: quatro manuscritas (*pilsa-bon*), uma xilogravada editada em Jeonju na província de Jeolla do Norte (*wanpan-bon*), quatro xilogravadas editadas em Seul (*gyeongpan-bon*) e duas xilogravadas editadas em Anseong (*anseongpan-bon*). Esta última costuma ser incluída entre as *gyeongpan-bon*, devido à proximidade com a capital. Há ainda uma manuscrita traduzida em ideogramas chineses (*hanmun-pilsa-bon*). As edições são diferentes em número de folhas, variando de 19 a 36 folhas nas versões xilogravadas, e de 21 a 89 no caso das versões manuscritas. Cada uma contém elementos narrativos ligeiramente diferentes entre si, apesar de o enredo principal ser essencialmente o mesmo. Em algumas versões, aparece a figura de Jang Gilsan, um bandido muito famoso que atuou no final do século XVII — portanto, posterior à criação da obra. Assim, elementos novos teriam sido acrescentados ao longo do tempo, para melhor ilustrar ou reforçar determinados elementos contidos na obra original. A versão ora traduzida é a considerada pela academia como a representativa da categoria *wanpan-bon* (de 36 folhas) — edições xilogravadas impressas em Jeonju na província de Jeolla do Norte — e supostamente a mais tardia, cuja característica mais marcante seriam as ideias antibudistas ressaltadas.

A figura histórica Hong Gildong nasceu numa família de nobres ligada à realeza, mas, sendo filho de uma concubina, não pôde seguir carreira pública. Uma vez que as árvores genealógicas feitas na dinastia Joseon não mencionam *seoja*, há apenas registro de seu meio-irmão, que nasceu por volta de 1412 (são imprecisas tanto a data de seu nascimento quanto a de morte). A única data exata que se tem de seu paradeiro vem dos *Anais da dinastia Joseon*[51], no capítulo sobre o rei Yeonsan-gun (reinado: 1494-1506), em que é relatada, finalmente, a prisão de Hong Gildong, em 22 de outubro de 1500, e a consequente ordem real para desmantelar todo o bando, seguido da investigação e punição de Eom Guison, nobre que teria ajudado Hong. Após o interrogatório, ficou esclarecido que Eom na verdade fazia parte do bando, o que levou a uma outra investigação, para elucidar como um bandido teria conseguido um título relativamente alto, ainda que sem cargo, levantando-se suspeitas sobre o ministro que o teria nomeado. Os ministros-mor, após investigação, teriam reportado ao rei que Eom Guison recebera o título

---

51. Registros reais da corte de Joseon de 1392 a 1863, perfazendo o período contínuo mais longo registrado de uma única dinastia: 25 reis, 888 livros e 1.893 volumes, totalizando 64 milhões de caracteres. Tombados pela Unesco em 1997.

por mérito militar (provavelmente após alguma operação de guerra) e não por vias burocráticas. Eom morreu na prisão enquanto era investigado, e muitos oficiais do baixo clero regional, que fizeram vista grossa às atividades de Hong Gildong, também foram punidos. Estranhamente, não há menção nos *Anais* que dê continuidade ao seu paradeiro, alimentando diferentes suspeitas e boatos, por exemplo, de que outros altos oficiais estariam também envolvidos na trama[52] e, por isso, trataram de abafar o caso, ou, ainda, de que teriam tentado dar um sumiço no prisioneiro. Outros rumores incluem a fuga de Hong Gildong com seu bando para as ilhas Ryukyu, graças a uma suposta substituição por um outrem na prisão, por ter "costas quentes". Afinal, a sobrinha de Hong era concubina do rei, com quem teria gerado sete filhos e três filhas — o que mostra a predileção do rei pela jovem —, e um de seus irmãos era ministro da corte.

É claro que o livro é uma ficção. Diferentemente da narrativa aqui contada, o pai de Hong Gildong era apenas um oficial militar, e de patente não tão alta, apesar de tanto o personagem quanto a figura histórica terem tido três filhos e duas filhas. Também não há indícios de que Gildong teria formado uma comunidade de bandidos numa

---

52. Segundo esta tese, sua atividade seria mais comparável à de um gângster, atuando nas cidades e fazendo o "trabalho sujo" para os nobres.

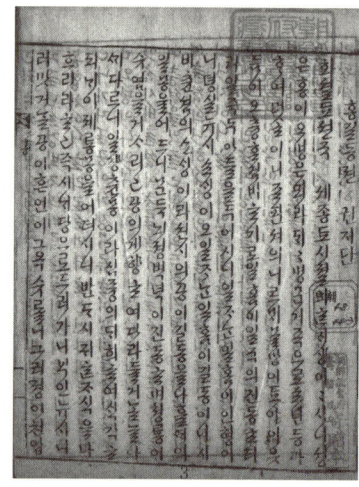

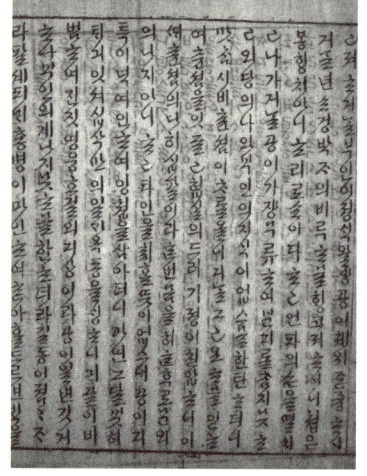

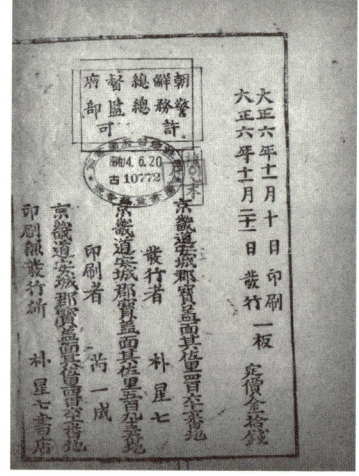

As imagens mostram algumas páginas da versão *anseongpan-bon* de dezenove folhas, editada em 1917.

montanha, tampouco evidências de que teria fugido de fato para as ilhas Ryukyu. Além disso, há uma referência bem posterior nos *Anais*, dando a entender que Hong Gildong morrera na prisão. Mesmo assim, o mito da fuga para Ryukyu continuou a alimentar a imaginação de muitos, impulsionado por escavações arqueológicas naquelas ilhas que revelaram moedas e cerâmicas da dinastia Joseon.

Os adeptos desta tese acreditam que Hong Gildong teria levado um novo tipo de arroz para lá e "renascido" em novas terras sob o nome de Honggawara, isto é, "rei de sobrenome Hong", e identificam-no com a figura de Oyake Akahachi (também chamado de Oyake Akahachi Honggawara), chefe de uma comunidade da ilha Ishigaki, líder de uma rebelião em 1500 contra o reino de Ryukyu, que pretendia controlar com mais rigor as ilhas periféricas. Ainda que não tenha conseguido resistir ao ataque do exército oficial do reino de Ryukyu, acabando desaparecido, o povo daquela ilha e adjacências continuou cultuando-o como um herói popular. Seu culto atravessou séculos até que, em 1953, foi erigido um monumento em homenagem a ele na ilha Ishigaki, hoje pertencente a Okinawa.

Embora o Hong Gildong histórico fosse considerado um dos Três Ladrões de Joseon e tivesse a fama de ser violento e cruel — matava pessoas que eventualmente o ajudavam a se esconder, pelo medo de ser delatado, e praticava atos cruéis, como escalpelamentos em público —, a obra de Heo Gyun o transformou num ladrão justiceiro, moldando a imagem de Hong Gildong à de um Robin Hood coreano, que rouba dos ricos para dar aos pobres. Diante da elite cada vez mais corrupta de Joseon, especialmente após a invasão japonesa de 1592 e o consequente empobrecimento da nação, talvez este fosse um acalento necessário do ponto de vista do povo oprimido. Heo Gyun ressaltou a injustiça contra os *seoja*, tema que se inicia como uma questão familiar, mas que se expande para a dimensão sociopolítica, concedendo a seu protagonista — vítima da violência familiar, social e estatal — um significado bem mais grandioso, tornando-o, assim, um mito catártico e de redenção para o povo de Joseon, que se sentia explorado pela corrupção dos governantes, pelo privilégio dos monges e pela inépcia da corte.

Com o sucesso da obra, dizem que meninos passaram a fazer juras em nome de Hong Gildong, já alçado ao posto de ladrão justiceiro. O primeiro herói popular nacional deste clássico da literatura coreana é resultado, portanto, de uma produção coletiva do povo que se sentia injustiçado. Desse modo, embora o mote seja a discriminação contra os *seoja*, isto é, um registro pontual no tempo e no espaço contido na dinastia Joseon, a obra nos chega como um grito dos oprimidos de qualquer sociedade.

Sobre a tradutora

Yun Jung Im, nascida na Coreia do Sul, imigrou-se para o Brasil aos dez anos, juntamente com os pais. Após passagem pelo curso de Química da Universidade de São Paulo (USP), onde conheceu Ivan, filho de Haroldo de Campos, decidiu mudar de carreira, incentivada pelo poeta a fazer o mestrado em literatura coreana na Universidade Yonsei, em Seul. Retornando ao Brasil, doutorou-se em comunicação e semiótica pela PUC-SP, com pesquisa sobre tradução literária. Verteu várias obras da literatura coreana para o português, entre elas *Olho de corvo e outras obras de Yi Sang* (Editora Perspectiva, 1999, prêmio de Tradução Literária Coreana de 2002), *A vegetariana*, de Han Kang (Editora Devir, 2013, prêmio de Tradução Literária Coreana de 2014), e *Contos da Tartaruga Dourada*, de Kim Si-seup (Editora Estação Liberdade, 2016) — a primeira obra ficcional coreana escrita em ideogramas chineses no século XV. É fundadora e atual coordenadora do curso de Língua e Literatura Coreana da USP.

ESTE LIVRO FOI COMPOSTO EM MINION PRO CORPO 12,5
POR 16,5 E IMPRESSO SOBRE PAPEL PÓLEN BOLD 90 g/m^2
NAS OFICINAS DA RETTEC ARTES GRÁFICAS E EDITORA,
SÃO PAULO — SP, EM NOVEMBRO DE 2020